ANUNNAKI

Narrativa

136

© 2020 - Gilgamesh Edizioni
Via Giosuè Carducci, 37 - 46041 Asola (MN)
gilgameshedizioni@gmail.com - www.gilgameshedizioni.com
Tel. 0376/1586414

ISBN 978-88-6867-486-1

In copertina: progetto grafico di Dario Bellini.

Marisa Gianotti

UN GIARDINO VENEZIANO

A Cesare e Dante

*... a me pare che gli uomini non
abbiano capito la potenza dell'amore...
... ordunque, allorché la forma originale
fu tagliata in due, ciascuna metà aveva
nostalgia dell'altra e la cercava...*

Aristofane
(dal *Simposio* di Platone)

1

"PRENDILA… TOMMY … PRENDILA! Non lasciarla scappare!".

Così Betty, una bimba di circa sei anni, incitava suo fratello Tommy, mentre cercava di bagnare con uno spruzzo una giovane donna. Tommy di anni ne aveva forse otto ed era un bambino robusto, agile e scattante come chi pratica qualche sport. Probabilmente giocava a calcio.

Infatti inseguiva e tallonava una donna, zigzagando per il giardino come un abile calciatore sa rincorrere la palla.

Le voci dei bambini erano allegre. Le parole concitate, interrotte dall'affanno della corsa e dalle risate acute, si potevano udire lontano.

Per tutta la corte, la calle e anche oltre.

Era un pomeriggio di sole dopo un giorno uggioso di pioggerella sottile e impalpabile. Una pioggerella che ingannandoti ti fa ingenuamente pensare: *l'ombrello non mi serve*; e tu ti ritrovi inzuppato. Fradicio come un pulcino che per non aver seguito il richiamo della chioccia si ritrova con le piume appiccicate. Pesanti. Tanto pesanti da rendergli i pochi passi che lo separano dalle ali protettive lenti, faticosi, angoscianti.

Come ogni pomeriggio, Carlo si era avvicinato alle due finestre del soggiorno e chinato sui vasi che teneva sui davanzali. Controllare i fiori e le foglie delle zinnie e delle petunie gli dava sempre un gran piacere.

A ogni bocciolo provava la stessa emozione del contadino quando osserva i suoi campi verdi, rigogliosi, lussureggianti e prevede un raccolto generoso.

Il suo viso era accarezzato da un soffio di aria calda. In cielo nuvole lontane. L'estate era arrivata.

La pioggia e l'umidità del giorno prima erano state l'addio alla lunga e umida primavera della laguna.

Carlo, respirando profondamente, aveva pensato: *finalmente il bel tempo. Godiamoci questo pomeriggio di sole. Senza afa.* Quella sensazione di serenità era stata interrotta dalle voci dei bambini che stavano giocando nel giardino della casa di fronte. L'altezza delle finestre che si affacciavano sulla corte chiusa da un piccolo canale permetteva a Carlo di guardare la scena.

Carlo viveva in quella casa da molto tempo e di quel giardino conosceva ogni minimo particolare.

Aveva conosciuto anche le persone che durante quegli anni avevano abitato il palazzo.

Il giardino, un largo spazio rettangolare, aveva al centro un platano secolare. Due lati erano limitati dai muri alti e senza finestre di case e il terzo da un muretto di cinta nascosto da vite americana con tralci ricoperti da grosse foglie che arrivavano al selciato.

Il fogliame era talmente fitto che lasciava appena intravedere una piccola e robusta porta di legno. Una porta di servizio sempre chiusa. Solo Bèrto, il giardiniere, l'apriva quando usciva con forbici, ramazza e carriola per potare la siepe in perenne crescita e raccoglierne le foglie secche. A volte veniva usata anche da Rosetta, la donna di servizio, al termine del suo lavoro.

Se di tanto in tanto questa siepe non venisse mozzata avrebbe già coperto tutta la corte e i muri delle case, pensava Carlo quando sentiva il rumore delle cesoie sotto le sue finestre.

Allora si affacciava a salutare Bèrto che, dopo l'usuale *Sanstàestàe!,* si fermava volentieri per due chiacchiere. Di solito parlavano del tempo.

Il quarto lato, il più importante, era il retro del palazzo a cui apparteneva il giardino. Chi vi abitava arrivava a quel luogo di pace dopo aver superato il grande portone con antiporta di vetro e sceso tre gradini di marmo affiancati da ortensie e due vasi di oleandri.

Quattro ciotole fiorite erano collocate nel prato, assieme a vasi ricolmi di gerani su una rastrelliera appoggiata al muro.

In un angolo del giardino una casetta con finestre e porta bianca all'inglese. Come quelle della casa.

Carlo era cosciente del privilegio che aveva nel godere della vista di un giardino nel cuore di Venezia. L'alto muro di cinta lo proteggeva dagli sguardi curiosi dei passanti, permettendogli l'esclusività dello scorcio che solo lui poteva vedere.

Spesso considerava: *I giardini a Venezia sono così rari...*

La casa col giardino era stata costruita e abitata per generazioni da una ricca famiglia di commercianti di stoffe pregiate e tappeti orientali. In origine il giardino era più grande e costeggiava tutta la corte.

Poi, per motivi di eredità, una parte era stata venduta.

Il nuovo proprietario vi aveva eretto una bella casa che nel tempo era stata trasformata in una locanda con bar.

Un edificio senza spazi esterni con un'importante entrata all'inizio della corte.

Unico verde, quattro grossi vasi di bosso posti ai lati dell'ingresso.

Carlo, aveva trentacinque anni e viveva da solo.

Era nato sulla terraferma, in provincia di Venezia e frequentato l'Istituto d'Arte in città. Appena diplomato aveva cercato e trovato lavoro presso la fornace, che allora si trovava vicino alla Salute. Poi, come tutte le altre vetrerie, era stata trasferita a Murano.

Carlo era entrato come ragazzo di bottega.

Preparava i fuochi, dosava i silicati, gli ossidi, le sabbie e rigirava fra i tizzoni ardenti le lunghe canne con all'estremità pesanti e ciondolanti gocce di vetro incandescente. Col tempo gli era stato concesso di dare i primi soffi e porgere le grosse sfere iridescenti, colorate e trasparenti al mastro-vetraio che velocemente, con poche "soffiate" e "pinzate", terminava l'opera.

Un tocco secco, forte, deciso e l'oggetto esclusivo e prezioso veniva staccato dalla canna. Era finito.

È come una magia, considerava Carlo ogni volta che vedeva conclusa la delicata opera dal maestro. Ogni volta sospirava di sollievo perché sempre temeva che quel colpo secco mandasse in frantumi il pezzo che aveva visto con tanta fatica e maestria nascere e diventare *perfetto*.

Col tempo Carlo era diventato mastro-vetraio e realizzava con sapienza gli oggetti che progettava.

Ora, di fiato ne aveva un po' meno e suo compito era controllare e dare i tocchi finali alle palle di luce cangiante che giovani ragazzi di bottega gli porgevano.

Carlo era un uomo affascinante. Di carnagione olivastra, con capelli e occhi nerissimi e lo sguardo indagatore.

Quando parlava dava la sensazione di voler come penetrare nell'interlocutore. Dal suo atteggiamento sempre serio non era affatto facile capire se quello che diceva era vero o solo sottile e raffinata ironia.

Vestiva sempre capi comodi e sportivi.

Aveva molti interessi, ma amava in modo particolare l'arte, la storia, Vivaldi e la musica barocca.

Non era banale e nemmeno volgare.

Da giovane era stato possessivo e insicuro dell'onestà delle persone che non conosceva in modo profondo.

In particolare non si fidava molto delle donne.

Non era indifferente a ciò che gli stava vicino, anzi, era un acuto osservatore. Conversava volentieri anche con chi non condivideva le sue opinioni, purché gli argomenti fossero interessanti.

2

Carlo aveva trovato quella casa dopo aver tanto cercato.

Voleva andarsene dal sestière di San Pietro.

Devo allontanarmi da questa zona. Qui tutti conoscono me, Fiamma e il nostro amore, aveva pensato.

Non voleva cogliere negli sguardi di amici e conoscenti la disapprovazione per ciò che aveva combinato.

In fornace aveva confidato ad Alvise i suoi pensieri.

"Dovresti chiedere a Polo, mio cugino. Lui vive e ha bottega a Santa Croce e conosce tutti… Quasi tutti… e può aiutarti" gli aveva consigliato l'amico.

Poi Alvise aveva precisato: "Però ti avviso, Polo è un tipo strano, un originale. Io non posso parlargli di te perché *lui el fà quel chèl vòle. Lui non ascolta nissùno*".

Avuto l'indirizzo, Carlo si era recato alla "bottega-antiquario" di Toni. Bottega! Un laboratorio.

Un emporio di libri, dischi e oggetti vecchi e antichi.

Un largo spazio con due vetrate che davano sulla calle.

Davanti alle vetrate, sul marciapiede, un paio di "librerie" con vecchi testi e riviste di diverse epoche che i passanti potevano sfogliare in libertà.

Appeso al vetro della porta un cartello: *TUTTI I MERCOLEDI ALLE ORE 21.00 LEZIONE DI FILOSOFIA.*

Carlo, un po'stupito, aveva letto e prima di entrare aveva osservato gli oggetti che stavano nella grande bottega divisa da una scaffalatura alta sino al soffitto.

I più belli, i più importanti: un albarello di maiolica, un piatto graffita, un'inconfondibile alzata e un vaso di Zecchin, un autentico bicchiere di Venini..

Davanti un cartello *NON IN VENDITA*, come la bicicletta con cerchi di legno che stava appesa al soffitto.

Una volta entrato, Carlo, aveva osservato diverse cose e sfogliato alcuni libri. Avrebbe desiderato aprire le ante e i cassetti che stavano nella parte bassa della scaffalatura chiedendosi: *Cosa mai ci sarà dentro?*

Polo, seminascosto in un angolo davanti al suo banco da lavoro, era intento a sistemare un ombrellino liberty e non aveva prestato nessuna attenzione a Carlo.

"Buongiorno. Permette? Sono Carlo, un vetraio di Murano. Forse lei potrebbe aiutarmi, perché io cerco casa in questa zona" aveva detto timidamente.

Polo era un quarantenne, alto, magro, con una folta chioma riccia, un volto spigoloso e penetranti occhi grigio azzurri, velati da piccole e spesse lenti rotonde.

Al saluto di Carlo, Polo aveva sospeso il lavoro e rivolto la sua attenzione all'insolito cliente.

Dopo averlo osservato era rimasto un attimo in silenzio.

Carlo, un po' a disagio, aveva aggiunto altri particolari e Polo dopo aver saputo che Carlo abitava a S. Pietro aveva tratto le sue conclusioni: *Solo per motivi amorosi un uomo cerca una casa più lontana dal posto di lavoro... conosco bene quell'espressione.*

Per un attimo gli era tornata in mente la sua storia con Elga, una ragazza di Bolzano che come lui frequentava la facoltà di Filosofia. Polo era innamorato e ricambiato. Allora era molto felice. Il loro era un grande amore. Quel legame era durato tutto il periodo dell'università; poi Elga era tornata a Bolzano e dopo non molto tempo lo aveva lasciato perché aveva ritrovato il suo primo amore.

Carlo era triste come lo era stato lui a quel tempo e Toni, ricordandoselo, aveva deciso di aiutare quel giovane.

"Proprio ieri ho saputo di un appartamento libero... qui vicino... venga, le indico."

Mentre Polo pronunciava queste parole aveva accompagnato

Carlo fuori dalla bottega.

"Vede l'insegna del bar? A destra, sulla corte al quinto portone, c'è l'appartamento."

Rientrati, Polo aveva preso carta e matita.

"Questo è il numero di telefono del proprietario" disse, allungandogli un foglietto.

Carlo non riusciva a trovare le parole per ringraziare e prima di congedarsi era rimasto a sfogliare alcuni libri. Scorse riviste d'arte interessanti e ne aveva comperata una che documentava la mostra di un vedutista fiammingo, allestita anni prima al Corrèr.

Questo è un posto da frequentare, aveva considerato mentre salutava Polo.

Carlo, uscito, si era fermato ancora una volta davanti alle vetrine e si era di nuovo chiesto: *Chissà cosa ci sarà dentro quei cassetti e dietro quelle ante?*

Si era avviato al vaporetto, non senza aver dato un ultimo sguardo a quel luogo allettante e un po'strano. Strano, ma per Venezia non insolito. Carlo aveva preso appuntamento ed era andato a vedere l'appartamento.

Il proprietario aveva sottolineato: "La corte è pulita, frequentata solo dai residenti ed è molto silenziosa".

Carlo appena entrato aveva provato una sensazione bellissima. La casa non l'aveva sentita estranea.

In quel luogo gli sembrava di esserci già stato… E dalle finestre si vedeva un grande giardino! Carlo non aveva avuto bisogno di ripensarci. Era per lui!

Dopo tante ricerche, quando ormai non sperava più di trovarne una che rispondesse alle sue aspettative, aveva trovato la casa che faceva per lui.

Carlo, che era nato in terraferma, adorava la vista di un giardino, lo rassicurava. Gli apriva l'orizzonte. Lo rasserenava.

Si era accordato col proprietario e in breve tempo aveva traslocato.

Era tornato da Polo e per riconoscenza gli aveva portato un fiore di vetro che lui stesso aveva soffiato.

Polo lo aveva ringraziato con uno dei suoi rari sorrisi.

Carlo aveva guardato ancora i cassetti e le ante chiusi.

Nonostante fosse soddisfatto di abitare in quella nuova casa, la sua tristezza non era diminuita.

Aveva trascorso ore a ripensare a Fiamma.

L'amava sempre intensamente.

Gli mancavano i suoi sorrisi. Le sue ingenuità. I suoi entusiasmi quasi infantili. Gli mancavano le sue carezze. I suoi baci. Gli mancava lei.

E ora che l'aveva persa, l'amava ancora di più.

Carlo era ulteriormente amareggiato per un senso di colpa.

Aveva perso Fiamma per le sue infedeltà e i dubbi che spesso l'assalivano. Aveva sospettato della lealtà della sua donna perché di donne ne aveva avute altre.

Ne aveva avute altre, ma senza averle sospirate. Senza averle troppo desiderate.

Lui si lasciava conquistare velocemente e altrettanto velocemente quelle storie finivano.

Carlo aveva trascorso tutto l'inverno e la primavera nella nuova casa senza mai uscire, se non per andare al lavoro. Evitava la gente. Non ascoltava più la musica.

Casa, lavoro, casa. Questi i suoi giorni.

I dopo cena li impegnava a riguardare in silenzio le foto di Fiamma, Di lui e Fiamma nei momenti felici.

Era tornato da Polo e aveva comprato un disco. Una rara incisione di musiche di Corelli. Il fiore di vetro era sull'ultimo scaffale, fra gli oggetti *NON IN VENDITA*.

Dopo tanta pena, un giorno, Carlo aveva chiuso le foto in un cassetto e iniziato a trascorrere lunghe serate a riempire fogli con schizzi e disegni.

Tutti progetti di lavoro.

Non desiderava parlare con nessuno.

Ascoltava di nuovo Vivaldi, i barocchisti e quando al pomeriggio rientrava, spesso si fermava al bar della locanda per un caffè o una bibita.

Nonostante Bépi, il barista, un omone loquace cui non mancava la battuta spassosa e tagliente avesse tentato più di una volta di coinvolgerlo nella conversazione, Carlo non era mai andato oltre il buon giorno o la buona sera.

Aveva notato alcune persone che puntualmente si ritrovavano davanti a un bicchiere o a una tazzina.

Fra queste c'era anche una donna, Rosetta, ma il suo riserbo non aveva mai dato a nessuno l'occasione, la possibilità di discorrere con lui.

A volte prolungava la sosta per leggere il giornale.

Niente di più.

Un pomeriggio d'estate Carlo era comodamente seduto a uno dei tre tavoli che Bépi disponeva all'aperto. All'ombra, al bordo del rio.

Guardava l'acqua verdastra e opaca che scorreva lenta.

Aveva seguito con lo sguardo una gondola carica di turisti ad occhi a mandorla che fotografavano ogni cosa.

Sorridevano. Dalle loro bocche uscivano parole e suoni incomprensibili. Indicavano un ponte, una finestra, un gatto e ammirati commentavano fra loro.

Guardavano il gondoliere sorridendo e felici ripetevano: "*It's wonderful… it's beautiful …it's very nice…*".

Il gondoliere gongolava dalla gioia di accompagnare tutte quelle persone. Cantava …*o sole mio*… e forse pensava dollari, yen o euro per me non fa nessuna differenza.

Era poi passata una veloce caorlina stipata dei suoi attrezzi.

Un cagnolino a prua, ritto sulle zampe anteriori come un esperto guardia coste, sembrava controllare la rotta. Scodinzolava felice.

A poppa il pescatore, in piedi, fischiettava e agilmente manovrava la barra del timone.
Carlo osservava.
Gli si era avvicinato un uomo e in modo gentile gli aveva chiesto: "Posso sedermi al suo tavolo?".
Carlo aveva fatto spazio a quel signore che non aveva sentito arrivare.
"Permette? Edoardo, per gli amici Tom", aveva pronunciato l'uomo, mentre si accomodava sulla sedia libera e gli porgeva la mano destra.

3

Tom era un distinto anziano con folti baffi brizzolati.

Di corporatura snella, si appoggiava a un elegante bastone nero con pomo d'avorio. Camminava con passo abbastanza sicuro e la schiena dritta.

Carlo, guardandolo, aveva pensato: *Sembra usi il bastone non per aiutarsi, ma per darsi arie.*

Carlo aveva visto Tom spesso al bar e aveva notato che indossava sempre capi di buon gusto.

Ora ne osservava le mani. Lunghe. Affusolate. Magre, con dita agili e senza nodi.

Aveva anche constatato che ogniqualvolta Tom reggeva il filo del discorso era serio, controllato. Mai la voce alta e ascoltava gli altri sempre con attenzione.

Dopo un "oggi si sta bene qui fuori", Tom gli aveva confidato: "L'ho vista diverse volte passare. Abita qui nella corte? Non mi dica che abita nella casa della signorina Giunti? La professoressa. La conoscevamo tutti perché ogni giorno al ritorno dalla scuola si fermava per un caffè e volentieri faceva con noi due chiacchiere".

Carlo aveva risposto di sì, che la professoressa era stata trasferita a Siena, la sua città, e che lui aveva preso in affitto il suo appartamento.

"La professoressa parlava con entusiasmo del giardino che si vede dalle finestre. Sono sincero, le confesso che dopo averne tanto sentito parlare, è nata in me la curiosità di vederlo. Anche Rosetta, la donna tuttofare di quella casa, ne parla spesso. Anche a lei piace molto quello spazio verde."

Carlo aveva capito quel desiderio e con semplicità gli aveva proposto: "Mi farebbe piacere se un pomeriggio lei venisse a prendere un caffè a casa mia. Potrebbe così vederlo dalle finestre del mio soggiorno".

Tom non si era lasciato sfuggire l'invito.

Dopo un "accetto volentieri, perché sono proprio curioso di poterlo guardare", Carlo e Tom si erano accordati con un "ci troviamo qui da Bépi martedì pomeriggio".

Ai due si era avvicinato Bépi, soddisfatto, perché aveva capito che era l'occasione giusta per riuscire a fare due chiacchiere con quel giovane sempre così silenzioso.

"Forse *èla non sa* ma il signor Tom *el zhè un pittore*, un ritrattista. Io ho avuto la fortuna di vedere dei suoi disegni. *El zhè proprio bravo!*".

E presa una sedia, si era accomodato vicino ai due.

I tre avevano parlato della bella giornata e dei turisti che già iniziavano ad affollare la città.

"Inizia l'invasione. In certi posti meglio non *andàr*. In certe calli c'è tanta gente che *se camìna a fadìga*. Tutti spingono. Tutti vogliono *andar nèlo* stesso posto. Manca *èl rèspir. Tè senti fogàr*. Meglio stare qui al fresco… *tranquìli*. Tanto tutto il mondo prima o poi *el pàsa* qui davanti a *noàntre*" aveva filosofato l'oste, con la tipica calma dei veneziani, mentre sorseggiava una birra.

Martedì pomeriggio era arrivato.

Tom, in anticipo, aspettava Carlo. Aveva portato una grande cartella contenente fogli da disegno, una cassettina con dentro matite e carboncini e li aveva messi sul tavolo.

Bépi, soddisfatto, si era seduto al suo fianco. Sapeva dell'appuntamento dei suoi due clienti e finalmente aveva saputo qualcosa del giovane, sempre così riservato.

Carlo, puntuale e di buon passo, dopo aver scambiato un cordiale saluto si era avviato nella corte, verso casa, al fianco di Tom.

Il pittore aveva informato Carlo: "Ho portato i miei attrezzi perché potrei esser preso dal *bisogno* di fare un disegno di quel giardino… a volte le illuminazioni arrivano quando meno te lo aspetti!".

"Credo sia stata una buona idea" aveva risposto Carlo, sorridendo.

"Quella vista potrebbe ispirarmi… vedremo."

Dopo pochi passi: "Oggi c'è una luce straordinaria," aveva esclamato Tom alzando il capo per osservare il cielo azzurro con poche nuvole bianche, lontane, sulla terraferma "e il giardino ci mostrerà tutta la sua bellezza. Ne sono sicuro."

Dalla finestra della scala si scorgeva una parte del giardino e Tom si era fermato sul pianerottolo per guardare ciò che da tanto tempo desiderava vedere.

Si era tolto gli occhiali scuri. Si lisciava i baffi.

In silenzio, estasiato, osservava.

"È magnifico! Non pensavo fosse così grande e… così ben curato" aveva bisbigliato come parlasse a sé stesso.

Carlo aveva aperto la porta della sua casa e Tom, senza indugio, come avesse dimenticato le buone maniere e le frasi d'occasione, era entrato e si era avvicinato a una finestra.

"Se vuole, può accomodarsi al mio tavolo. Sotto questa finestra riuscirà a osservare con tranquillità ogni particolare" aveva consigliato Carlo al suo ospite.

Tom non si era fatto pregare e appoggiato un grande foglio sul piano, aveva ripreso a fissare il giardino in silenzio. Tolti i carboncini dalla cassetta aveva iniziato, come preso da una certa euforia, a tracciare sulla carta segni rapidi e decisi.

Carlo si era fermato con vassoio e bibite fra le mani. Ammutolito, aveva colto l'attimo creativo di Tom.

Era rimasto immobile, come una statua.

Il pittore aveva sollevato il capo solo per rapidi sguardi a ciò che si vedeva dalla finestra.

Era zitto. Attento. Concentrato.

In breve aveva riempito il foglio di linee sicure e precise. Poi, con le matite colorate, aveva dato spessore alle immagini con luci e ombre, e particolari si aggiungevano a particolari. Carlo non si era mosso. Non voleva nemmeno per un attimo rompere quel momento magico. Anche lui sapeva disegnare, ma l'abilità di Tom l'aveva sbalordito. Il disegno era bellissimo. Del giardino era stato raffigurato ogni dettaglio. Anche lo schienale della poltrona di vimini che nascondeva la signora Giuditta, unica abitante della casa, rapita dalla lettura di un libro.

Dopo tanto impegno Tom si era fermato. Aveva osservato il disegno.

Nell'angolo destro in basso aveva scritto Tom e preso il grande foglio lo aveva dato a Carlo.

"È per lei e grazie per avermi concesso questa visione… qui è un vero paradiso."

Carlo non aveva pensato a un omaggio tanto prezioso.

Era sorpreso. Meravigliato.

"Lo appenderò alla parete di fronte alla finestra, così sarà come se di giardini ne potessi vedere due."

"Tom è dunque il suo nome d'arte?" aveva poi chiesto.

"Tom non è solo il mio nome d'arte, ma anche il mio nome di battaglia. Il mio nome di partigiano. Se vuole, se le fa piacere, le racconto di me."

Carlo, a cui era sempre piaciuto leggere e parlare di storia, non era riuscito a nascondere il desiderio di sapere. Osservava Tom. Il volto segnato da rughe lo trovava interessante. Notava gli occhi azzurri, limpidi e lo sguardo dolce, acuto e saggio.

"Sono passati tanti anni, ma quell'esperienza ha segnato la mia vita. Quel periodo così intenso mi ha mostrato aspetti dell'uomo e del mondo di cui ero all'oscuro e che non avrei nemmeno immaginato.

Ho conosciuto il coraggio, la viltà, l'odio, l'astuzia, la vendetta… e l'amore" aveva detto Tom in modo posato.

Poi aveva continuato: "Sono nato a Milano e ho studiato al-

l'Accademia di Belle Arti".
Carlo, che aveva colto sin dalle prime parole l'accento meneghino, lo ascoltava in silenzio.
Tom aveva proseguito: "Sono entrato in un gruppo di partigiani spinto dalla giovane età e dall'entusiasmo. Dal desiderio di cambiare le cose e da quello di libertà.
Più trascorrevo il tempo nel rischio, nel freddo, con la fame e la paura, più avvertivo di essere nel posto giusto.
Capivo di dare un senso alla mia vita combattendo per grandi ideali.
Dopo la morte di un giovane, un mio amico, un compagno di scuola, lasciato appeso al centro del paese per una notte intera, ho inteso la precarietà della vita.
Il pericolo, il rischio, la probabilità di perderla.
Da quel giorno sono diventato più accorto.
Ho cercato di vivere ogni momento nel modo più intenso.
Il tempo non volevo *lasciarlo passare*".
Carlo, attento, capiva ciò che Tom voleva dire.
Tom aveva ripreso a parlare senza guardare nulla in particolare di ciò che c'era in quella stanza.
Stava guardando il suo passato.
"Nel gruppo c'erano due ragazze. Due staffette. Anna e Rita.
Rita era molto carina. Coraggiosa. Schietta. Spontanea, ma piena di rancore per la sorte tragica toccata al fratello.
Eravamo attratti l'un verso l'altra in modo istintivo."
Dopo una breve pausa, aveva continuato a raccontare: "Una notte, io ero rimasto nel rifugio. Ero rimasto lievemente ferito a un polpaccio e Rita era voluta restare per farmi compagnia.
Quella notte, senza dirci nulla, ci siamo amati.
Disperatamente. Con aggressività.
Consapevoli delle incognite del domani e del poco tempo che forse la vita ci avrebbe lasciato.
Ci siamo amati senza dolcezza".
"Credo lei capisca le mie parole.

La nostra storia è continuata per tutto il periodo della lotta. Non abbiamo mai parlato di futuro, del nostro futuro. Eravamo totalmente presi dalla realizzazione della conquista della libertà.

Finita la guerra, però, io smaniavo di esprimermi di nuovo come prima. Dovevo seguire la mia vocazione.

Volevo riprendere la mia vita dove l'avevo lasciata per tutto il lungo periodo della lotta.

La rabbia, le ingiustizie, l'odio, il rancore e la vendetta non mi appartengono.

La violenza della guerra mi fa stare male.

Io avevo bisogno di usare colori e pennelli, mentre Rita voleva continuare la sua lotta nella politica.

Io sono predisposto diversamente. Io sono portato ad apprezzare il bello. Amo ascoltare la musica. Mi piace osservare… ho bisogno di riflettere.

Ho bisogno di soddisfare i miei interessi.

Non sono fatto per la lotta perenne.

Io e Rita eravamo troppo diversi. Non potevamo vivere insieme, perciò ci siamo lasciati. Disegnare e dipingere sono e sono sempre stati la mia massima aspirazione."

Tom, guardando Carlo, aveva poi ripreso a parlare: "Ho vissuto un periodo difficile… Dovevo ritrovare la mia strada… Trovare un lavoro. Certo mi mancava Rita, la sua sicurezza, la sua determinazione. Mi sentivo solo… Mi sembrava di barcollare.

Mi sono trasferito qui a Venezia e con fatica ho iniziato a restaurare quadri. Come lei può ben capire dopo la guerra c'era molto da recuperare.

Ho lavorato senza risparmiarmi e guadagnando pochissimo.

Solo dopo molto tempo e tanto impegno sono arrivati i primi riconoscimenti".

Carlo ascoltava e rifletteva. Non riusciva a interloquire. Era affascinato da ciò che sentiva.

"Poi, superati i quaranta" aveva proseguito Tom "ho conosciuto una giovane restauratrice. Lisetta." Tom aveva fatto una pausa. Sorrideva. Guardava lontano.

Seguiva i suoi pensieri.

Dopo aver guardato Carlo direttamente negli occhi non era riuscito a trattenere una risatina.

"Sa perché sorrido? Non vorrei essere frainteso, ma è andata proprio come sto per dirle."

"So di raccontarle una cosa frivola, però voglio essere sincero. Ciò che mi ha colpito di Lisetta sono state le sue gambe" e aveva sorriso di nuovo.

"Avevo già notato che era una giovane carina, preparata, che collaborava con impegno, ascoltava i miei consigli.

Mi piaceva molto lavorare con quella giovane.

Ma un giorno, quel giorno, Lisetta era su una scaletta per controllare la parte alta della cornice e io, che ero seduto su uno sgabello per esaminare la parte bassa della grande tela, ho alzato gli occhi.

Dovevo dire qualcosa a quella timida ragazza e non ho potuto fare a meno di fermare lo sguardo sulle sue gambe. Gambe bellissime! Da manifesto!

Sono stato preso da un desiderio. Un desiderio maschio… Sa io sono sensibile alla bellezza. Sono un pittore!" aveva ironizzato Tom.

"Da quel momento ho guardato Lisetta non con occhi da pittore, ma con quelli di un uomo. Ho sentito quel dolce desiderio… L'ho corteggiata, l'ho conquistata e ci siamo sposati.

Non abbiamo avuto figli, ma fra noi c'è stata una bella intesa. Ci siamo molto amati… Con dolcezza… con passione. Pensavo di trascorrere tutta la vita con lei… Purtroppo è morta e da qualche anno sono solo.

Ma, nonostante l'età, la mano meno sicura e la vista più debole, continuo a dipingere e a frequentare gente. Insegno a dipingere a persone anziane come me presso un centro culturale vicino a Campo S. S. Giovanni e Paolo.

Come vede, la vita mi ha dato tanto e mi ha tolto tanto. Come a tutti, del resto."

Carlo rifletteva su quelle parole che sembravano dette proprio per lui.

"Si è fatto sera. Devo andare" aveva poi detto Tom, mentre si alzava.

Prese cartella e cassetta e si avviò alla porta.

Carlo aveva accompagnato il gradito ospite sino al portone e con una sincera stretta di mano i due si erano ripromessi di trascorrere altri pomeriggi insieme.

Tra loro stava instaurandosi una particolare intesa.

Si incontravano spesso da Bèpi o a casa di Carlo dove chiacchieravano ascoltando a volume basso i musicisti veneziani da loro preferiti: Vivaldi, Albinoni, Bendetto-Marcello e altri famosi musicisti.

4

Un giorno Carlo aveva deciso di andare al laboratorio di Polo.

Da tempo cercava un libro o un saggio o una rivista di storia.

Desiderava approfondire, conoscere particolari su un episodio della Grande Guerra, la battaglia di Tolmino.

Era ormai arrivato alla bottega.

Una giovane donna stava uscendo e salutava Polo con una certa familiarità. Disinvolta, portava un eccentrico cappellino e si stava allontanando a passo svelto.

Carlo non era riuscito a vederne il volto, ma si era fermato come paralizzato.

"*È Fiamma… è proprio lei*" aveva pensato e colto dalla sorpresa e dall'emozione era rimasto come impietrito.

Non era riuscito a fare un passo. Dalle sue labbra nemmeno un suono, mentre avrebbe voluto gridare a squarciagola: "FIAMMA… TESORO, SONO QUI… ASPETTAAA!".

La giovane intanto si era allontanata, era entrata nella calle a sinistra e aveva raggiunto la vicina fermata del vaporetto.

Carlo, nel frattempo, dopo lo sconcerto, si era ripreso e aveva cercato di raggiungerla. Il cuore sembrava scoppiargli.

Avrebbe voluto correre, lui era sempre stato veloce, ma le sue gambe all'improvviso erano diventate pesanti.

Arrivato alla fermata, il vaporetto stava partendo.

Era affollato e della donna nessuna traccia.

Carlo era rimasto a guardare.

Un amaro nella bocca senza saliva.

Per un po' non aveva saputo cosa fare e nemmeno dove andare. A dire il vero, gli sembrava di non sapere nemmeno dove si trovasse.

Lentamente era tornato sui suoi passi ed era entrato nella bottega.

Polo, dopo aver chiuso un cassetto della scaffalatura, stava mettendosi la chiave in tasca.

"Scusa Polo, ma la donna che è appena uscita la conosci? Ha i capelli biondi?"

"Sì, la conosco, viene a volte a lezione di filosofia… ma ha i capelli nerissimi" aveva risposto Polo sorridendo con ironia.

Poi aveva detto, come per caso: "Perché non vieni anche tu, mercoledì si parlerà di Platone".

Carlo non aveva replicato. Aveva cercato e trovato la rivista che lo interessava ed era tornato a casa.

Aveva pensato alla proposta e mercoledì sera era andato.

La bottega era illuminata e una delle vetrate era stata velata da una tenda bianca per proteggere la privacy dei presenti che si muovevano e prendevano posto.

Visti dall'esterno sembravano enormi ombre cinesi.

Carlo era entrato. Non era il solito laboratorio!

Era stupito. Non era preparato a tanto ordine e pulizia.

Una decina di persone nel frattempo si erano sedute.

"Ecco il mio amico, Carlo" aveva detto Polo sorridendo. "E speriamo di averlo con noi altre volte."

Persone di età diversa lo osservavano con curiosità.

Due anziane signore dall'aria colta, una giovane coppia dall'atteggiamento spigliato, uomini di mezza età e fra tutti si notava una giovane.

Avrà la mia età, aveva pensato Carlo, osservandola con insolito interesse.

La donna spiccava per il suo abbigliamento vistoso, per i begli occhi illuminati da ombretto azzurro-argentato e per il vivace rossetto.

Un grande scialle colorato, appoggiato con noncuranza sulle spalle, nascondeva le forme del suo corpo.

Era seduta e le gambe accavallate e ben tornite che uscivano dalla gonna avevano caviglie sottili.

"Venga, si sieda" aveva detto lei, sorridendo, indicando la sedia accanto. "Io sono Tersilla, per tutti Silla."

Carlo aveva accettato, si era seduto e aveva considerato con piacere: *il suo profumo è davvero delizioso*.

"Stasera leggeremo brani del *Simposio*, poi potremo parlarne ed eventualmente discutere" aveva detto Toni con aria seria, da vero docente.

La piccola assemblea aveva ascoltato la breve premessa e i brani in silenzio e con attenzione.

Mentre Polo leggeva delle primordiali creature che dopo essere state scisse in due vagavano alla ricerca della metà perduta perché con nessun'altra avrebbero trovato completezza, a Carlo sembrava di aver finalmente capito il suo dolore: Fiamma era l'altra metà. La sua metà perduta.

Silla, la sua vicina, si era girata più di una volta, rivolgendogli sempre dei gran sorrisi. Sorrisi strani. Come di complicità, ai quali Carlo, pensieroso, aveva risposto solo con lievi cenni.

Alla fine un dibattito interessante e partecipato aveva chiuso la serata.

"Spero mi accompagni" gli aveva detto Silla "abito in campo San Giacomo dell'Orio… Non è lontano."

"Con piacere" le aveva risposto Carlo e si erano diretti verso la casa della giovane donna.

Lui aveva un'aria pensosa. Lei parlava e alternava considerazioni sulla serata a domande molto discrete, ma che non nascondevano il desiderio di sapere dell'uomo.

Lui rispondeva spesso con monosillabi. Era distratto.

Avevano superato alcune calli piuttosto buie. Non avevano incontrato nessuno e i bar erano quasi deserti.

Entrati nel campo dove c'era poca luce, lei si era fermata davanti a una piccola porta. Dopo aver infilato la chiave nella toppa si era girata e gli aveva detto: "Perché non sali? Ti offro qualcosa da bere".

Carlo aveva accettato. Quella sera non voleva stare da solo.

Si era accomodato nel piccolo salotto e Silla si era tolta lo scialle.

Lui aveva pensato, *davvero un bel corpo*. Lei aveva detto di provenire da una città delle Marche.

"Qui lavoro in un'agenzia turistica. Un lavoro precario, ma mi piace. Cerco di sfruttare le occasioni che Venezia mi offre, e non sono poche. Io sono un po' fatalista; chissà in futuro cosa potrà accadere?…" aveva sospirato.

Carlo aveva detto poco di sé e quando stavano per salutarsi lei gli si era avvicinata e lo aveva baciato.

"Potresti essere la metà che sto cercando…" gli aveva bisbigliato con ironia all'orecchio "e io la tua."

Carlo si era fermato un attimo sulla soglia, aveva guardato Silla e, sorridendo, era tornato sui suoi passi.

Il desiderio che Carlo per tanto tempo aveva ignorato, ora sembrava avere il sopravvento.

Aveva corrisposto ai suoi baci, ma poi lei si era fermata.

"Scusa, stasera mi ha colto qualcosa che non so definire… Non è facile… Anche se provo un'attrazione particolare, un desiderio insolito… Sarà per un'altra volta" e si era ricomposta.

Carlo aveva accettato la sua decisione.

"Forse è meglio così" e l'aveva salutata baciandola sulla guancia.

Carlo aveva ripensato a quella strana serata e il mercoledì successivo era tornato da Polo.

Un po' sperava di rivedere Silla.

Lei, come lo aspettasse, gli aveva riservato un posto accanto al suo. Si erano rivisti e salutati con piacere.

Di tanto in tanto incrociavano i loro sguardi e, usciti, come fossero d'accordo, si erano diretti a San Giacomo.

5

Avevano parlato dei giorni trascorsi, del tempo, delle "serate filosofiche" ed erano arrivati a casa di Silla.

Lei era stata gentile, si era seduta al suo fianco sul divano, gli aveva offerto un drink e si erano abbracciati e baciati con trasporto.

Avevano trascorso la notte insieme e al mattino si erano lasciati senza porsi domande e fare progetti.

Carlo aveva capito che anche Silla aveva alle spalle una forte delusione amorosa.

Non aveva chiesto nulla e non aveva fatto confidenze. Entrambi non erano pronti a raccontarsi.

Carlo aveva accettato in cuor suo questa *avventura* senza sentirsi impegnato in modo particolare.

Gli faceva piacere stare con lei ma non era scattata quella scintilla che lui ben conosceva.

Silla provava una sincera attrazione per Carlo e stava lentamente legandosi a quell'uomo un po' taciturno.

Era un pomeriggio pieno di luce, quella luce splendida che solo Venezia sa offrire. Carlo proveniva da Murano ed era sceso a San Zaccaria.

Camminava a passo sostenuto, per non perdere il vaporetto per San Tomà, quando aveva sentito la voce di Silla: "Carlo, Carlo aspettami!".

Lui si era fermato.

"Silla! Come mai qui a quest'ora?" le aveva chiesto sorpreso.

"Ho finito il lavoro prima del solito. Andiamo a bere qualcosa? Un pomeriggio così bello!..." aveva chiesto lei.

"Volentieri. Facciamo due passi, arriviamo ai *Quadri* e prendiamo un caffè freddo" le aveva risposto Carlo.

"Quanta gente! Però mi piace. Qui si vede davvero tutto il mondo" aveva detto Silla, sorridente, mentre si sedeva.

"Questa piazza è straordinaria! Magnifica di giorno e incredibile di notte."
"Non credo esista un posto più affascinante" aveva detto Silla, mentre sorseggiava il caffè "… poi, la musica…"
Mentre commentavano, una coppia vestita in modo strano si era avvicinata. Una ragazza e un ragazzo in *costume veneziano* distribuivano i programmi per i frequenti concerti di musica barocca che si tengono a San Vidàl.
"Non sono mai andata a questi concerti e non ho nemmeno una gran conoscenza in materia" aveva confidato Silla.
Carlo, senza esitazione: "Ti accompagno volentieri, la musica barocca è la mia preferita. Stasera suonano Vivaldi e Corelli. Andiamoci, sono sicuro che ti piacerà".

Puntuali, alle otto e trenta, erano davanti San Vidàl.
C'era una fila abbastanza lunga di persone in attesa. Soprattutto turisti. Molti avevano deciso di andare all'ultimo momento e non sicuri di trovare posto, con pazienza aspettavano.
Si incrociavano piccoli dialoghi fra persone sconosciute nelle lingue più svariate.
Sempre l'intercalare it's *wonderful,* accompagnato da occhi luminosi in visi stanchi.
Carlo aveva i biglietti e avevano trovato subito posto.
La chiesa velocemente si era riempita e molti erano rimasti in piedi. Non c'era un angolo vuoto.
Il quintetto si era presentato in perfetto orario.
Un'introduzione in diverse lingue e la musica era iniziata.
Alla prima nota, un silenzio incredibile. Qualcuno aveva scartocciato una caramella e molti si erano girati.
Durante l'esecuzione, Carlo aveva guardato più di una volta Silla e con soddisfazione aveva notato che seguiva il concerto attenta e sorridente.
"Mi piace molto" gli aveva detto durante l'intervallo. "E que-

sti giovani mi sembrano bravissimi."

"Sono contento. Col tempo apprezzerai questa musica sempre di più, ne sono certo" aveva sottolineato Carlo.

Il concerto era finito. Ai calorosi applausi, lunghi e ripetuti, i concertisti avevano concesso un bis.

Anche Silla, in piedi, eccitata, aveva battuto le mani.

Erano usciti e lentamente si erano diretti al vaporetto.

Silla era scesa alla fermata prima di quella di Carlo.

"Non accompagnarmi, è troppo tardi" gli aveva detto.

Carlo non aveva insistito. Era tardi, il giorno dopo sarebbe stato impegnativo e, soprattutto, lui sentiva il bisogno di stare da solo.

Il concerto, la musica erano stati un momento di svago, di evasione e di serenità.

Aveva gradito la presenza di Silla, aveva provato piacere nel vederla coinvolta in quell'esperienza per lei insolita, ma ora voleva stare da solo.

L'aveva colto un momento di malinconia, di tristezza e soprattutto di nostalgia.

Entrato in casa aveva messo sul piatto uno dei dischi preferiti e aveva iniziato a disegnare.

Intorno un gran silenzio. Un motoscafo veloce sul rio con a bordo giovani e musica rock a tutto volume lo avevano convinto ad andare a dormire.

Erano già trascorse sei settimane dal loro primo incontro *filosofico*.

Quella sera avevano ascoltato con interesse una lezione sulla *Poetica* di Aristotele e Carlo stava accompagnando Silla a casa.

Dopo il concerto tutti i mercoledì sera li avevano trascorsi insieme.

Silla era particolarmente elegante.

Indossava un abito attillato, le scarpe col tacco alto e i capelli ricci li aveva stretti in un piccolo chignon.

"Cosa hai fatto, Silla? Cosa ti è successo?" le aveva chiesto, mentre si era fermato per osservarla meglio.

"Mi sembri più alta, più… più… Insomma, sei diversa" aveva concluso Carlo un po'sconcertato.

"Sono contenta tu lo abbia notato. Merito dei tacchi alti" aveva risposto Silla sorridendo. "Però sapessi che fatica salire e scendere per i ponti!". E scherzando avevano ripreso la strada per San Giacomo.

Arrivati, si erano concessi una piacevole conversazione e Silla, più preparata di lui in filosofia, sottolineava: "Grazie ad Aristotele, maestro di Alessandro Magno, la filosofia ha generato il pensiero moderno della ricerca, dell'uso della ragione e dell'osservazione della natura. Aristotele ha lasciato molti scritti, ma solo dopo molto tempo sono stati riscoperti e rivalutati!".

"Io di filosofia non ne sapevo nulla e queste piacevoli serate mi hanno fatto pensare alla natura dell'uomo. È sorprendente che fra gli antichi ci siano stati uomini che hanno vissuto di pensiero, di ricerca dell'animo e consegnato scritti tanto profondi e interessanti."

"L'uomo nel tempo è sempre lo stesso. Ripete sempre gli stessi errori, si lascia travolgere dalle stesse passioni e la filosofia è una disciplina affascinante perché ci fa riflettere. Ci fa pensare" aveva sintetizzato Silla.

Avevano trascorso una piacevole serata. Lei era stata affettuosa, lui si era lasciato coccolare, ma non era riuscito ad amarla con passione.

Al mattino Carlo aveva trovato Silla già vestita. Vicino al divano c'era una valigia.

"Dove stai andando?" le aveva domandato stupito.

Lei, con tono serio, gli aveva risposto: "Il mio lavoro a Venezia è finito. È stato bello, ma ho capito che io non sono e non sarò la metà che stai cercando o aspettando".

Lui, commosso, abbracciandola, aveva detto: "Sarei bugiardo se non ti dicessi che non posso amarti come vorrei".

Silla era partita. La breve storia si era conclusa.

Carlo aveva ripreso la sua vita lasciandosi conquistare dal modo di vivere sereno e aperto di Tom.

Un pomeriggio di una giornata di novembre, nebbiosa, umida e con poca luce, i due erano a casa di Carlo seduti davanti alla finestra.

Nel giardino si intravedevano solo i rami grigi del platano, spogli e gocciolanti.

Tutto era incolore e sfocato. Un grande silenzio.

Carlo aveva iniziato a parlare di Fiamma.

Ora riusciva a confidare all'amico il suo sconforto.

"Sono triste a causa di una donna. Ho avuto una lunga storia d'amore… Fiamma è il nome della giovane che ho amato e che amo ancora."

Tom, senza lasciar trapelare emozioni o curiosità, era attento. Non parlava.

"Io e Fiamma eravamo amici dal tempo della scuola. Ci incontravamo ogni mattina sul treno per Venezia. Lei era molto carina, minuta, con gli occhi azzurri e la pelle chiara. I suoi capelli biondi e sottili sembravano deliziosa seta. Incantevoli le sue mani… Bianche… Delicate."

Mentre diceva, ripensava alla dolcezza che gli davano le sue carezze. Ancora si emozionava.

"La nostra storia è nata lentamente. Col tempo ci siamo resi conto di amarci. Ci cercavamo… Non riuscivamo a stare separati. In quel periodo io ero un po' farfallone. Se qualche ragazza mi faceva delle avance non riuscivo a rinunciarvi. Non

sapevo resistere."
Tom, immobile, ascoltava.
Non guardava l'amico per non metterlo a disagio.
Carlo continuava: "Fiamma ha saputo di una di quelle scappatelle, ma mi ha perdonato; con sofferenza… ma mi ha perdonato. Dopo tanto tempo lei è diventata proprio mia e da quel giorno, non so perché, io sono stato preso dalla gelosia".
Mentre confessava questo, era leggermente arrossito.
"Temevo potesse essere conquistata da qualcun altro. Non ero più sicuro. Avevo paura di perderla e, di conseguenza, ero diventato sospettoso. Più di una volta l'ho messa alla prova per rassicurarmi. L'ultima volta ho esagerato e lei non mi ha perdonato… È scappata e ora non so dove si trovi."
Ma non aveva avuto la forza di raccontare quella scenata.

Quella che aveva fatto a Fiamma mentre scendevano dal vaporetto per raggiungere la loro casa nel sestière di San Pietro. Il motivo? Sorrisi e parole gentili che un ragazzo aveva rivolto a Fiamma.
Sul vaporetto Fiamma aveva trovato posto vicino a un turista. Il bel giovane, chiedendo alcune informazioni, aveva detto a Fiamma di essere inglese. Dalla ragazza voleva sapere della veduta dal campanile di San Giorgio, di come arrivarci e se veramente è così bello il panorama che si gode da lassù.
Fiamma, dopo aver gentilmente risposto, aveva dato al giovanotto anche suggerimenti su altri luoghi non molto conosciuti dal grande pubblico, ma non per questo meno importanti. Ad esempio la scala del *bòvolo,* il soffitto di San Pantàlon e altre mete. Il tragitto da Murano ai Giardini è abbastanza lungo e più di una volta Fiamma aveva riso per lo humour delle battute del ragazzo. Carlo non capiva le parole, ma fremeva. Dopo aver notato la mano dell'inglese posarsi su quella della "sua" Fiamma era trasalito e alla fermata, mentre

scendevano, non aveva saputo trattenersi. Prima aveva apostrofato lo sconosciuto con epiteti a dir poco fuori luogo, poi aveva preso per un braccio Fiamma dicendole: "Anche agli stranieri dai confidenza! Come se quel tipo fosse un tuo vecchio amico. Di te non mi posso fidare!". E l'aveva strattonata con rabbia. Tutti si erano girati, attirati dalla sceneggiata. E non era la prima!

Lei, dopo parole di fuoco, era scappata di corsa, piangendo, rossa in viso per la rabbia e la vergogna.

"Mi ha lasciato. Nemmeno dai suoi genitori ho saputo dove è andata. Ha una cugina a Londra, ma nessuno mi dice niente" aveva confidato Carlo.

Tom aveva detto: "Mi dispiace. Avevo capito che stavi soffrendo, ma sono contento tu sia riuscito a parlarne".

"Io continuo a cercarla. Vorrei trovarla. Farmi perdonare e tornare con lei" balbettava sottovoce Carlo.

"È inutile cercare chi non vuole farsi trovare. Solo il tempo dirà come finirà la vostra storia. Fai un viaggio, vedere altra gente e altri luoghi è anche fonte di ispirazione, in special modo per noi artisti" gli aveva detto Tom.

Poi, con tono pacato e rassicurante: "Vai oltre lo scoglio, certo troverai il mare aperto con tante insidie, ma vedrai anche un largo e infinito orizzonte".

Tom e Carlo dopo quel pomeriggio si erano ritrovati spesso da Bèpi. A volte c'erano Rosetta e Bèrto.

Anche se di età diverse, avevano molte cose in comune.

Di tanto in tanto andavano ai concerti o a visitare mostre e col tempo erano diventati amici.

Tom, col suo proporsi pacato, disposto all'ascolto, era riuscito lentamente a modificare l'atteggiamento del giovane amico.

Carlo ora si era aperto agli altri e anche se era più sereno, non aveva dimenticato Fiamma.

Un pomeriggio grigio, ovattato da una leggera foschia e più silenzioso del solito, Carlo sulla poltrona, di fronte al giardino, ascoltava *Le quattro stagioni* di Vivaldi.

Pensava: *il giardino manifesta, accompagna il trascorrere del tempo; il susseguirsi delle stagioni lo trasforma, mentre la città rimane intatta e le sue pietre secolari, con i loro immutabili particolari, mi fanno pensare, mi suscitano la sensazione di vivere in un lungo, interminabile presente; la loro immobile bellezza non mi fa percepire il tempo. Invece il giardino… durante l'inverno mi fa riflettere, senza colore, senza vita, mi fa ascoltare il silenzio come un luogo sacro. Il platano è un gigante solitario, un guardiano disarmato e nudo. Se d'inverno è un luogo su cui meditare, a primavera non posso non pensare al risorgere della vita.*

Chissà se anche il nostro amore risorgerà?

Dopo la delicata leggerezza della primavera si presenta in tutto lo splendore dell'estate e mi basta guardare il suo verde, i fiori, l'albero rigoglioso, e l'afa e la calura lagunari non mi opprimono più. Guardo questa oasi e sento l'arrivo di un po' di brezza, mi sento forte. Sento il vigore della vita e vorrei Fiamma.

L'autunno gli dona tutti i colori della tavolozza, io ne noto ogni sfumatura, non mi stanco di ammirarlo e ogni giorno lo amo sempre più, mi trasmette una dolce malinconia, mi suscita pensieri buoni.

Come vorrei che Fiamma fosse qui.

Vorrei averla vicino, abbracciata a me, per godere ancora quella sensazione di estasi, quasi mistica, che provavo in quei momenti.

Il brano di Vivaldi era terminato.

A Carlo era rimasto il piacere del silenzio accompagnato a un velo di tristezza.

6

La musica era finita. Carlo, dopo una breve pausa, aveva guardato il giardino. Non c'era nessuno.

L'umidità aveva impedito alla signora Giuditta la sua passeggiata pomeridiana. Di solito a quell'ora lei usciva, scendeva i pochi gradini seguita da Peggy, la gatta, e percorreva il giardino in tutta la sua lunghezza. Si appoggiava a un bastone per il timore di cadere.

"In casa non lo usa" aveva puntualizzato Rosetta.

Giuditta, durante la bella stagione, di tanto in tanto si fermava, attirata dal canto degli uccelli nascosti fra le foglie del platano. Scrutava con attenzione fra i rami, perché avrebbe voluto vederne almeno uno.

Parlava a Peggy e guardava spesso il cielo.

La signora Giuditta in primavera e in autunno faceva una breve uscita anche prima di pranzo. Si sedeva sulla panca contro il muro, vicina a un oleandro e, immobile come una lucertola, si scaldava al sole. Durante l'estate rimaneva in giardino tutto il pomeriggio.

Carlo ormai conosceva bene le abitudini della sua dirimpettaia. E non soltanto quelle.

Era preso non solo da ammirazione per quella donna che vestiva sempre a lutto e durante l'estate solo di bianco, ma anche dalla commozione scaturita la prima volta che era venuto a conoscenza delle sue vicissitudini.

Carlo l'aveva notata sin dal primo giorno che si era trasferito nella casa, tuttavia non si era posto domande su chi potesse essere quell'anziana vestita di nero.

Era troppo concentrato sulla sua storia con Fiamma.

La prima volta a parlargli di Giuditta era stata Rosetta.

La donna che lavorava in quella casa.

Carlo quel pomeriggio era da Bèpi con Tom e poco dopo si

era avvicinato Bèrto, il giardiniere.

Con il suo usuale intercalare si era rivolto a Bèpi.

"*Sanstàestàe* ho una sete che mi berrei il Canàl. Bepi *pòrtame na bira grande… ghò apena finìo de fatigar nel giardin!*"

Vista Rosetta che stava arrivando aveva detto: "*Sanstàestàe! Vièn qua, vièn in compagnia con noàntre!*"

Rosetta, una donna piuttosto piccola, ma di corporatura solida, con capelli biondi e ricci aveva raggiunto il gruppo e si era seduta.

Carlo aveva osservato la donna che di età superava i trenta. Aveva poi considerato: *Mani così tozze e robuste di certo non svolgono lavori delicati.*

"Oggi la mia signora non sta bene" aveva detto Rosetta, mentre si sedeva.

Dopo aver ordinato da bere si era rivolta a Bèrto: "Tu non l'hai vista ma *la zhè uno stràso*. Quando la vedo così *mèl despiàse, devento triste anca mì e non so còssa far*. Di tanto in tanto succede. Direi che dopo la morte del marito succede spesso. Adesso *ghe vòl* tutto il giorno e anche tutta la notte perché possa riprendersi".

Carlo, a quelle parole, non sapendo nulla della signora, aveva chiesto: "È ammalata?".

"No, non è ammalata… Lei *non conòsse*, ma la mia signora *la ghà sofèrto tanto. Tropo*" gli aveva detto Rosetta "e tutto perché *la zhè un'ebrea!*".

Carlo aveva ascoltato e quelle poche parole di Rosetta avevano suscitato in lui una forte curiosità.

Avrebbe voluto sapere di più.

Voleva sapere di più. Rosetta aveva bevuto la sua bibita in modo abbastanza veloce e prima che Carlo le facesse qualche domanda lei si era alzata.

"Scusate, ma devo proprio andare, *tèngo dèle* commissioni da fare per la mia signora. *Se vedrèmo* con calma un altro pomeriggio."

Aveva preso la sua borsa e a passo svelto si era avviata verso San Simeone Piccolo per raggiungere poi la sua casa vicino a San Simeone Grande.

Carlo, allora, si era rivolto a Tom: "La conosci la signora Giuditta? Le hai parlato?".

Tom gli aveva risposto: "No, ma mi piacerebbe incontrarla. *Quel periodo* io lo conosco bene e sono certo che avremmo tante cose da dirci. Molte cose da raccontarci".

Bèrto, che aveva ascoltato i due, era intervenuto dicendo: "*Nol zhè fàsile aver contàti* con la signora Giuditta. Io lavoro nel suo giardino da tanto tempo, ma non ho mai avuto occasione di parlarle con *confidènsa. La zhè gentile ma, Sanstàestàe, sempre destacàda. Dirìa che la zhè destacàda un po' a tùto.* Non *la frequenta nissùno*. Solo Rosetta che lavora in quella casa da quando è tornata da New York col marito. Anche *èla la* disegna come *voialtri.* So che disegna libri per i bambini americani, ma io non li ho mai visti".

Tom serio aveva detto: "Mi piacerebbe parlarle".

Anche Carlo desiderava conoscere la sua vicina e rivolto all'amico: "Dobbiamo trovare il modo per entrare in quella casa, incontrare e conoscere la signora Giuditta".

Bèrto si era alzato e scusandosi aveva detto: "*Sanstàestàe,* devo andare".

Stava effettivamente per avviarsi, ma Carlo, non riuscendo a trattenere una curiosità che da tempo voleva soddisfare, gli aveva chiesto: "Come mai Bèrto dici sempre *Sanstàestàe*? Per quale motivo invochi così spesso Sant'Eustachio?".

Bèrto si era di nuovo accomodato sulla sedia e, sorridente e compiaciuto, aveva iniziato a parlare.

Carlo, subito, dalle prime parole, aveva capito che non era la prima volta che Bérto raccontava.

"La storia è lunga, *la vièn de lontan.* Mio nonno e i miei bisnonni sono stati i sagrestani di San Stàe, perciò io e la mia famiglia siamo cresciuti all'ombra di quella chiesa."

E come parlasse da solo aveva aperto le braccia e con stupore sembrava guardasse la chiesa: "San Stàe! Così bella! *Tuta de marmo! Bianca, alta… proprio sul Canàl!*".

Poi, ricomposto, aveva ripreso: "Mio nonno, l'ultimo sagrestano, voleva venissi battezzato col nome Eustachio, perché lui era devoto al Santo che *el zhè stato martire del grande imperatore Adriano*. Purtroppo mio zio Bèrto, fratello di mio padre, è morto in guerra sul Carso e di conseguenza *mi son stato batezàdo* col nome Umberto Eustachio".

Carlo ascoltava con interesse.

Anche Bèpi e Tom, malgrado la storia la conoscessero molto bene, erano attenti.

"Io ho trascorso la mia infanzia col nonno in campo San Stàe e dentro la chiesa. A volte mi chiamava Bèrto Stàe. Lui diceva spesso *Sanstàestàe* e io ripetendo ho imparato. Aiutavo mio nonno ad accendere e spegnere le candele, a raccogliere e a contare le monetine delle elemosine. 'Bèrto vieni, aiutami a spostare le *carèghe*' mi diceva. A volte, fermo come una statua, ammiravo i bei quadri… quello grande del Tiepolo… *e sognavo cose belisime!*

Mi piaceva stare seduto sui gradini *e vedèr ne l'acqua del Canàl le gondole, i vaporeti e i nostri bèi palazi!* 'Bèrto vèn dentro ad aiutàrme' diceva il nonno e io entravo in chiesa… mi piaceva stare a San Stàe!

Da sempre me vièn da dire Sanstàestàe. Come mio nonno. Ormai lo dico *sènsa pensàrghe*."

Poi Bèrto si era alzato e dato il suo commiato: "*Tanti saluti a tuti, Sanstàestàe!*".

Ora Carlo conosceva meglio l'amico Bèrto. Sorrideva.

7

Carlo e Tom avevano deciso di pensare a come riuscire a incontrare Giuditta dopo il viaggio a Napoli.
Tom doveva presenziare a un'importante mostra in una nota galleria dove venivano esposte anche due tele da lui restaurate tanti anni prima.
Tom aveva proposto a Carlo di accompagnarlo.
"Da tanto tempo non lasci Venezia! Un viaggio ti farà bene. Ti servirà a rompere la routine di questo periodo."
Carlo, colte le intenzioni che sottendevano l'invito, aveva apprezzato e aveva risposto: "Ci penserò… Se accetterò lo farò per diversi motivi, non ultimo quello di andare a Capodimonte e all'Archeologico. Vedere gli oggetti così belli e rari di quei musei stimolerà la mia fantasia e la mia creatività. Ne sono sicuro".
"Di questo sono certo" aveva risposto Tom. "Napoli non ti aiuterà solo psicologicamente e affettivamente, ma anche, se penso alla cucina, fisicamente!"
Mentre diceva questo, sorrideva divertito sotto i baffi.

Pasqua era finita da due giorni e i nostri amici erano a Napoli su un taxi. Stavano raggiungendo l'hotel sul lungomare, di fronte a Castel dell'Ovo.
Era da poco passato mezzogiorno.
"È una giornata splendida! Che vista! Guarda… Laggiù si intravede Capri!" diceva entusiasta Tom.
Mentre parlava indicava all'amico l'isola.
Carlo ammirava in silenzio, volgendo lo sguardo curioso a destra e a sinistra. Tom considerava, a voce alta: "Non so perché, ma Napoli con il suo grande golfo, mi sembra una signora con le braccia aperte, pronta ad abbracciare chi arriva. Come se li aspettasse da tanto tempo".

Tom aveva continuato sul filo della metafora: "Come una vera, vecchia signora non nasconde gli anni. Anzi, senza falsi pudori, mostra tutte le sue rughe, senza timore, perché sa che la rendono viva. Vera. Interessante".

Carlo aveva aggiunto: "Possiamo dire una signora che offre con generosità tutto quello che possiede e condivide i suoi immensi tesori con chi sa apprezzarli".

Poi in silenzio avevano continuato ad ammirare.

Tom, anche se era già stato a Napoli, rivedeva la grande città con immutato entusiasmo. Era sempre felice di immergersi nella straordinaria atmosfera partenopea.

Carlo, che avrebbe dovuto visitare Napoli con Fiamma, serio pensava: *non sarà mai come se fossi qui con lei.*

La mostra era stata interessante, ben organizzata, apprezzata dalla critica e da un'alta presenza di pubblico. Una mostra ben riuscita.

L'indomani sarebbe stato l'ultimo giorno di apertura.

Carlo e Tom, lasciata via Toledo, avevano iniziato una passeggiata per trascorrere un piacevole pomeriggio.

Tom, camminando lentamente per gustare in pienezza ogni attimo, si era rivolto a Carlo: "L'atmosfera di questo luogo è indescrivibile. Mi avvolge. Mi coinvolge. Mi fa sentire diverso. Voci, colori, odori insoliti. Siamo in Spagna? In America Latina? Non so dire quale sensazione avverto… ma questa città mi porta in mille mondi. Non so se riesci a capirmi… ogni volta io sono preso da queste emozioni".

"Sto provando anch'io queste sensazioni. Napoli è davvero un luogo incredibile."

Camminavano e ogni due passi si fermavano per osservare un palazzo, un portone, un cortile, una bottega.

Avevano considerato quanto doveva essere incantevole quando era una delle più importanti capitali d'Europa.

"Se Venezia è unica, Napoli con la sua vitalità, i suoi rumori, la sua gente ospitale, generosa, fiera del suo passato, non può lasciarti indifferente. E che dire dei monumenti? Del suo mare? Questa città suscita la voglia e la gioia di vivere" sottolineava Tom con trasporto.

I due amici erano stati interrotti da una musica allegra, accompagnata da canzoni napoletane.

Proveniva dal cortile di Santa Chiara.

Oltre le bancarelle c'erano quattro ragazzi che suonavano, cantavano e una delle due ragazze ballava. Intorno, un gruppo di turisti accompagnava, battendo le mani, il ritmo sempre più incalzante e frenetico di un popolare motivo. Una tarantella.

Carlo seguiva con piacere la musica, ma la ragazza che danzava lo aveva distratto, separato da ciò che gli stava intorno e da quello che stava succedendo.

Lo aveva portato lontano da tutto. Anche dalla musica.

Quella giovane non passava inosservata e lei lo sapeva! Dopo aver notato Carlo, aveva iniziato a guardarlo… Gli si era poi avvicinata. Con finta spontaneità si avvicinava e si allontanava, agile e leggera al ritmo della musica.

Ora la distanza che li separava era di pochi centimetri e lui poteva sentirne il suadente profumo.

Un modesto abitino fasciava un corpo splendido. Statuario. Non formoso, ma privo del minimo difetto. Sinuoso ed elegante come quello di un felino.

La ragazza si muoveva in modo così sensuale che Carlo, dopo tanto tempo, era stato preso da un desiderio irresistibile.

Quel corpo si muoveva dolcemente. Ogni piccola mossa era studiata. I piedi seguivano il ritmo veloce del suono senza la minima incertezza. Il vestito, come incollato alla silhouette perfetta, metteva in evidenza lunghe cosce e braccia sottili. La piccola scollatura mostrava un collo lungo e liscio.

Carlo, attratto da quella danzatrice, aveva rievocato un'immagine di una Salomè? Di una Odalisca? Un dipinto? Un film? Non ricordava dove l'aveva vista.

Il viso della giovane non era bellissimo. Un naso importante, due occhi molto grandi e le labbra sottili.

Un viso esotico. Capelli ricci raccolti da una fascia.

"Non ti sembra l'incarnazione di una donna fenicia, o etrusca, o greca? Insomma una donna dell'antichità?" aveva chiesto Carlo all'amico.

Tom, sottolineando il colore della pelle un po' olivastra, aveva ironizzato: "Vuoi forse dire *nà fèmmana sarràcina?*".

La giovane donna continuava a fissare Carlo.

Tom, con discrezione, si era allontanato perché il suo amico non si sentisse a disagio.

La ragazza si era avvicinata di nuovo a Carlo e aveva socchiuso la bocca. Sorrideva? Voleva dirgli qualcosa? Lanciargli un messaggio?

Carlo non capiva e non riusciva a staccare gli occhi da quella creatura che aveva iniziato a girargli intorno a un ritmo sempre più veloce. Le braccia alzate e fra le mani un foulard rosso. Poco dopo, come per invitare Carlo ad accompagnarla, gli si era leggermente strusciata contro. Veloce. Prima con un fianco poi con l'altro. Lo guardava sorridendo. Le era scivolato il foulard, lui l'aveva raccolto e glielo aveva restituito. Lei aveva preso con il fazzoletto, in modo rapido, anche le dita di Carlo e gliele aveva strette. Infine aveva dato un piccolo colpo di fianchi e Carlo a fatica era riuscito a trattenere il desiderio di abbracciarla.

Il pezzo era finito. Tutti avevano applaudito i giovani artisti. La ragazza era tornata sorridendo vicino ai suoi compagni e Carlo solo dopo un po' aveva ritrovato Tom.

8

La tensione non si era sciolta facilmente.

Quella ragazza era riuscita a provocarlo. Carlo, avesse potuto seguire il suo istinto, non le avrebbe permesso di raggiungere i suoi amici.

Aveva ripreso la passeggiata al fianco dell'amico.

Come un vecchio giocatore che segue la partita dalla panchina e non solo conosce e capisce il gioco, ma sa anche prevederne il seguito, Tom sapeva perfettamente cosa ora stava succedendo all'amico.

Infatti Carlo camminava zitto, serio e pensoso.

Non guardava più palazzi, portoni, finestre e botteghe.

Ora era di fianco a Tom solo fisicamente.

Dopo esser stato preso dal desiderio per la ragazza, era stato preso dalla sofferenza per la mancanza di Fiamma.

Tom non l'aveva forzato a parlare. Continuava a fermarsi di tanto in tanto per ammirare e commentare in modo sommario ciò che si presentava artistico e interessante.

Solo dopo aver percorso un tratto di Spaccanapoli, Carlo era uscito dai suoi pensieri e lentamente l'intesa fra i due amici era tornata.

Rasserenato, ora condivideva con Tom osservazioni, opinioni e considerazioni sul luogo.

Il dedalo dei quartieri spagnoli era un vero spettacolo!

"Noi veneziani non siamo abituati a questi mezzi così rumorosi, a questo traffico. Se dovessimo trasferirci in questa zona, non riusciremmo a sopravvivere" diceva Tom a voce alta per farsi sentire. E aveva sorriso divertito.

"Soprattutto, non riusciremmo a districarci nella velocità di tutte queste motorette" aveva risposto Carlo, che per un pelo non era finito sotto le ruote di un motorino.

La passeggiata era finita. I due amici erano rientrati in albergo soddisfatti per quanto erano riusciti a vedere.

Ancora un giorno poi il rientro a Venezia.

Tom doveva tornare alla mostra per i ringraziamenti, gli elogi e i saluti. L'aspettava una giornata impegnativa.

"Non sono più un ragazzo e questo viaggio ha richiesto non poche energie, però sono soddisfatto. Grazie alla tua compagnia, i giorni sono volati" aveva detto a Carlo.

"Domani per me sarà la giornata delle meraviglie. Andrò al museo archeologico e sono certo sarà un'esperienza indimenticabile."

Era sabato sera e il gestore dell'albergo aveva organizzato una cena "con sorpresa" per salutare gli ospiti. Molti dovevano partire il giorno dopo.

La grande sala, con tre pareti a vetri, offriva la vista ineguagliabile del grande Golfo. Una visione talmente bella da non sembrare vera! Miriade di luci colorate delineavano la forma della città e dei suoi lievi colli.

Una cartolina? Una diapositiva?

Davanti alle vetrate si alternavano persone che di tanto in tanto "dovevano ammirare". Come fossero attirate da una calamita, riuscivano a restarne lontane solo per poco.

L'atmosfera era cordiale. La cena abbondante, con piatti tipici e vini pregiati. La gente chiacchierava, sorridendo come fossero vecchi amici.

Solo quando tutti gli ospiti avevano finito di mangiare il direttore dell'albergo, attirando l'attenzione generale, aveva deciso di svelare l'attesa "sorpresa".

Tutti, in silenzio, si erano accomodati ai tavoli.

La "sorpresa" erano i quattro giovani che Carlo e Tom avevano apprezzato nel cortile di Santa Chiara!

Gli artisti si erano presentati sorridenti, allegri e subito avevano dato inizio al loro repertorio.

Carlo, alla vista della ragazza, era trasalito, provando un certo disagio.

Tom aveva dato uno sfuggevole sguardo all'amico e ne aveva notato l'imbarazzo.

La ragazza non aveva impiegato molto tempo a riconoscere tra gli ospiti Carlo e il suo volto si era illuminato.

Aveva desiderato conoscere quell'uomo dal primo momento che l'aveva visto.

L'esibizione dei giovani era pienamente riuscita e si era conclusa con calorosi applausi ricompensati dai bis dei brani più noti.

Tom se ne era andato prima della fine dello spettacolo.

Tutti aspettavano gli ascensori per ritirarsi.

Carlo, girandosi, si era trovato al fianco la ragazza che senza troppi preamboli si era offerta di fargli compagnia per un ultimo calice e in ascensore ne aveva approfittato per dargli un bacio appassionato. Lui aveva ricambiato e senza che se ne rendesse conto, forse per colpa del buon vino, si era ritrovato fra le braccia di quell'artista.

Ma non era riuscito ad andare oltre. Il desiderio di una donna gli era sì tornato forte, ma per Fiamma.

Carlo e Tom da circa un mese erano rientrati da Napoli.

Un caldo sabato pomeriggio erano al tavolo del soggiorno di Carlo. Quello sotto la finestra.

Carlo stava mostrando all'amico dei disegni. Erano suoi progetti per pezzi che voleva "soffiare" in fornace.

La visita all'Archeologico e a Capodimonte aveva dato i suoi frutti. Infatti aveva pensato di creare una nuova linea di vasi e gioielli, ispirandosi a quelli visti nelle teche dei musei.

A Carlo interessava l'opinione dell'amico pittore e, mentre Tom osservava, gli dava spiegazioni su ogni particolare e sulle scelte che aveva fatto.

Tom gli aveva fatto diverse domande. Non tutto gli era subito chiaro. Lui la tecnica del vetro non la conosceva.

Tom, distolto lo sguardo dai fogli, aveva notato in giardino la signora Giuditta.

Vestita di bianco e seguita da Peggy, stava raggiungendo il tavolo sul quale sarebbe stata chinata per ore a disegnare e dipingere.

"Cosa possiamo fare per incontrare la signora?" aveva chiesto Tom, indicando all'amico il giardino. "Io desidero davvero incontrarla. Vorrei conoscere la sua storia."

Carlo a quelle parole aveva arrotolato i fogli.

All'istante aveva capito che l'"argomento Giuditta" avrebbe occupato il resto del pomeriggio.

"Dobbiamo escogitare qualcosa" aveva sottolineato Carlo.

"Bèrto ha detto che la signora non riceve nessuno."

"Una sola persona può aiutarci, Rosetta! Dobbiamo parlarle… Lei ci darà un consiglio" aveva risposto Tom.

"Anch'io credo che Rosetta sia l'unica persona che può *aprirci quella porta*."

"Quando la incontreremo da Bèpi, le parleremo" aveva ripreso Tom.

Dopo un breve silenzio, sottovoce, aveva sussurrato: "A dire il vero, io avrei già un'idea".

"Sono curioso di conoscerla" aveva incalzato Carlo.

"Dovremmo portarle un regalo… Io potrei fare un disegno del giardino e tu preparare un candelabro, un *menorah,* in vetro" gli aveva suggerito Tom, sperando di convincerlo.

Era evidente che da tempo rifletteva su come risolvere la questione ed ora aspettava l'opinione dell'amico.

Poi, come volesse convincere sé stesso: "Vedere il suo giardino dall'alto la incuriosirà… Lo spero".

9

Carlo aveva accettato l'idea di Tom di realizzare un *menorah*.
Non ne aveva mai *soffiati* e capiva che non sarebbe stato un lavoro semplice.
Devo andare da Polo. Forse nei suoi libri o nelle sue riviste posso trovare una foto, un disegno o una stampa che mi suggerisca una forma, una decorazione che si adatti a un menorah, aveva pensato Carlo.
Un pomeriggio, prima di rientrare a casa, era andato alla bottega e all'amico aveva detto quello che cercava.
"Guarda dentro ai cassetti, ci sono stampe, litografie di oggetti antichi, particolari. Forse troverai motivi di cesello o di ceramica che potrebbero esserti utili" gli aveva risposto Polo.
Mentre diceva questo, girava la chiave nelle toppe e gli apriva i tre cassetti. Carlo era al settimo cielo.
Finalmente quei cassetti venivano aperti!
Non avendo trovato cose interessanti nel primo, aveva aperto il secondo.
Nell'alzare i fogli, aveva visto, in un angolo, in una piccola scatola aperta, un oggetto che lui ben conosceva.
Possibile! È quello che ho soffiato io! Come ha potuto finire in questo cassetto? si era chiesto Carlo.
Era sbalordito. Sconcertato.
"Non può essere vero!" aveva detto con stupore.
"Cosa c'è? Cos'hai trovato?" gli aveva chiesto Polo.
Carlo, con delicatezza, aveva preso l'oggetto e lo aveva mostrato all'amico. Era emozionato e rosso in viso.
"Chi ti ha dato questo ciondolo?" gli aveva chiesto.
"Oh, ecco dove era finito!" aveva detto Polo sorpreso.
Poi aveva continuato: "Una signora l'ha trovato su un vaporetto e me lo ha ceduto per una piccola somma. Ma è passato tanto tempo…".

Carlo aveva insistito per riaverlo. Aveva detto a Polo di averlo soffiato quando era ancora un ragazzo.

"Avevo messo tanto impegno… L'avevo fatto per un'amica."

Polo, che non sapeva solo di filosofia, ma anche di psicologia, aveva capito che Carlo non gli diceva tutto.

"D'accordo, visto che ci tieni tanto te lo regalo" aveva detto all'amico "ma sono certo che mi nascondi una storia più *interessante* di quanto tu voglia dare a vedere."

Carlo, infatti, non gli aveva detto tutta la verità.

Nessuno può raccontare particolari di un rapporto amoroso e nessuno può fare domande sull'argomento.

Solo uno spaccone. Un superficiale. Un idiota.

Così pensava Carlo e poiché lui non apparteneva a nessuna di queste categorie non aveva detto nulla a Polo.

Amava Fiamma in modo profondo, serio, rispettoso e premuroso.

Lo ricordava bene!

Lui e Fiamma si frequentavano da molto tempo e si sentivano indispensabili l'un l'altro.

Ogni distacco, anche se breve, diventava sempre più doloroso.

Erano attratti e desiderosi di amarsi pienamente.

Cercavano sempre più di rimanere da soli.

Bastava un portone aperto e Carlo *rapiva* Fiamma.

L'abbracciava, la baciava con passione e le diceva: "Ti amo, non posso stare senza di te… Non ti lascerei mai".

Fiamma era più controllata, più discreta, ma non poneva resistenza alle sue effusioni.

"Non avrei mai pensato tu potessi tradirmi con Maria" gli aveva detto quella sera, dopo aver saputo di una sua uscita con una comune amica.

Carlo si era dimostrato sinceramente dispiaciuto.

"Non è successo nulla. È stata Maria, con una banale scusa, a propormi di accompagnarla. Non succederà mai più" le aveva promesso.

Fiamma, che lo amava davvero, infine lo aveva perdonato.

Invece non era stato l'unico tradimento.

Per fortuna Fiamma non aveva saputo nulla.

Anche se era passato tanto tempo, ne era ancora pentito.

Dopo tanto insistere, Carlo aveva convinto Fiamma a trascorrere un weekend da soli in montagna.

A Sappada.

Aveva atteso quel sabato con particolare emozione e voleva regalare a Fiamma qualcosa di speciale.

Aveva molto pensato e infine aveva deciso di *soffiare* per la sua amata un originale ciondolo.

Un sole, a murrina, sulle tonalità del rosso, con raggi a spirale venati d'oro e contorti come fiamme.

Infilato l'oggetto, fragile e leggero, in un cordoncino rosso, l'aveva poi chiuso in una piccola scatola.

Carlo voleva esprimere a Fiamma il suo amore. Dimostrarle che lei era sempre nei suoi pensieri.

Al mattino presto avevano raggiunto Piazzale Roma, dove Carlo teneva parcheggiata una piccola utilitaria.

Fiamma era felice. Un po' timorosa. Un po' eccitata.

Nei momenti di allegria era come una cinciallegra.

Non smetteva di parlare e Carlo si beava di quei suoni per lui dolci come un dolce cinguettio.

Poi alternava pause di silenzio, nelle quali Carlo avvertiva la sua tensione. Anche lui era emozionato.

Due giorni da soli!

Una notte insieme!

Arrivati alla stanza dell'albergo lui l'aveva abbracciata e baciata, ma aveva capito che non doveva fare pressione.

Il pranzo al sacco e una lunga passeggiata nel bosco.

Noncurante della gente, di tanto in tanto le stampava un affettuoso bacio.

"Che fresco! Sento quasi freddo" e Fiamma si era messa un golfino sulle spalle.

"Certo qui a Sappada c'è un altro clima" aveva detto Carlo "pensa a quest'ora in Laguna che caldo farà!"

Lei sorrideva. Erano felici.

Rientrati si erano preparati per la cena.

Carlo aveva impiegato più tempo del solito.

Voleva essere elegante, semplice, casual, ricercato…

Dopo tanto aveva ceduto il bagno a Fiamma!

Carlo l'aveva attesa davanti alla TV.

"Sei splendida" le aveva detto trepidante, mentre lei usciva.

Poi aveva continuato: "Non ti ho mai vista così… Così elegante… Così bella".

Quasi balbettava.

Lei era arrossita, ma quelle parole erano come miele.

Era stato loro riservato un tavolo appartato, vicino alla vetrata.

"Mi piace questo posto, si vedono le luci del paese e le montagne" aveva detto lei, mentre si sedeva.

Carlo, sorridendo, le aveva preso una mano e mentre gliela sfiorava con le labbra, le aveva sussurrato: "E qui posso baciarti indisturbato".

Lei aveva approvato con un sorriso.

Le continue attenzioni e le premure che lui aveva avuto nei suoi riguardi avevano suscitato in lei il desiderio di ricambiare con amore, l'amore sincero che Carlo le dimostrava.

Un ragazzo aveva iniziato a suonare la fisarmonica.

10

La cena era finita, ma tutti erano rimasti nella sala. Una coppia aveva iniziato a ballare.
Il ritmo era abbastanza sostenuto.
Carlo aveva stretto a sé Fiamma e lei aveva appoggiato la testa sulla sua spalla.
Entrambi sorseggiavano un calice di bollicine.
Altre coppie avevano lasciato i tavoli per un giro di mazurca.
La musica poi era cambiata.
Ora il ragazzo stava suonando un brano lento. Romantico.
Carlo non si era lasciato sfuggire l'occasione di poter stringere Fiamma.
Avevano seguito quel ritmo quasi dondolandosi.
Carlo aveva chiuso gli occhi e abbandonato ogni pensiero.
Era come avesse raggiunto uno stato di beatitudine.
Fiamma si lasciava cullare. Il viso appoggiato sul petto di Carlo e… Nessuno avrebbe potuto rompere quell'incanto!
La musica era finita.
Loro per un po' non erano riusciti a staccarsi.
Dalla fisarmonica di nuovo un ritmo vivace.
Carlo e Fiamma, uno di fronte all'altro, si guardavano con occhi dolci.
Lui le teneva strette le mani e gliele baciava,
Poche parole sussurrate… *ti amo… tesoro… sono felice…* erano alternate a lunghe pause.
I loro sguardi erano intensi.
Si erano allacciati in un altro ballo lento, poi avevano salutato le coppie che erano rimaste ed erano entrati in ascensore.
Quei pochi minuti di privacy avevano spinto Carlo ad abbracciarla di nuovo.
Le porte si erano aperte ed erano entrati nella loro stanza, ancora incollati l'una all'altro.

Fiamma si era abbandonata alle tenerezze di Carlo e gli sussurrava… *caro… tesoro… amore…*

Carlo con infinita dolcezza l'aveva amata.

Non aveva mai amato così. Non era mai stato così bello.

Anche Fiamma era felice. Erano sicuri del loro amore.

"Ma cos'è questo?" aveva chiesto Fiamma, sorpresa.

Appena sveglia aveva visto la piccola scatola sul cuscino e mentre l'apriva guardava Carlo tutta eccitata.

Lui, che aveva tanto atteso quel momento, le aveva alzato i capelli sulla nuca e aveva allacciato il cordoncino.

Erano seguiti giorni entusiasmanti.

Fiamma e Carlo avevano deciso di vivere insieme.

Erano pieni di passione. Ogni cosa li galvanizzava.

Passeggiavano per le solite calli, sostavano nei consueti campi, ma vedevano tutto con occhi nuovi.

"Fiamma, fermati, guarda questo campo… È così bello!" diceva con stupore. "Non lo avevo mai osservato prima."

La loro gioia era contagiosa.

"Guarda che marmi!" e indicava la facciata di Santa Maria dei Miracoli. "Sembra un intarsio di gemme. Vieni, entriamo" e trascinava veloce Carlo su per i gradini.

Fiamma aveva sostituito il cordoncino rosso con un filo d'oro, perché una volta si era slacciato e il ciondolo, caduto a terra, aveva rischiato di rompersi.

Non aveva mai smesso di portare quell'oggetto.

"Non potevi darmi un gioiello più prezioso" aveva più volte ripetuto a Carlo mentre lo baciava felice.

"Lo sai perché si chiama Santa Maria Formosa?" le aveva chiesto, mentre uscivano dalla Querini-Stampalia.

Fiamma, guardandolo: "No, dimmi. Sono curiosa di sapere".

"A San Magno era apparsa la Madonna sotto le sembianze di una *formosa* matrona e gli aveva chiesto di erigere una chiesa dove si fosse fermata una nuvola. La chiesa per questo motivo fu denominata Santa Maria Formosa."

Un pomeriggio erano in Strada Nuova per compere.
"Torniamo a Madonna dell'Orto?" aveva chiesto Fiamma.
"Tu lo sai, io sono molto devota a quella Madonna."
"È davvero simile ai Fràri" aveva sottolineato Carlo, indicando la facciata della chiesa a mattoni rossi.
"Sì, ma qui ci sono meno turisti" faceva notare Fiamma.
Dopo essersi fermati sulla tomba del Tintoretto, avevano sostato ancora una volta davanti alla statua di marmo bianco della Madonna seduta col Bambino in braccio.
"È gigantesca! Sembra una matrona… Una statua antica… Una Grande Madre" aveva ripetuto Fiamma con venerazione.
Dopo una pausa aveva detto a Carlo: "Vorrei ci sposassimo in questa chiesa". Poi gli aveva sussurrato: "Quel giorno Le offrirò il mio ciondolo… Per chiederLe protezione".
"Certo, tesoro, come tu desideri" aveva risposto Carlo e avevano sigillato quella promessa con un pudico bacio.
Carlo amava Fiamma. Ogni giorno le sembrava più bella e attraente. Si svegliava felice al suo fianco. Era il bene più prezioso che possedeva e a volte temeva di perderla.

Fiamma era impiegata presso un'agenzia di assicurazioni e da poco era cambiato il suo capoufficio.
Quando tornava a casa, parlava spesso di questo signore: "È sempre gentile… È disponibile all'ascolto…"
Carlo ascoltava e discorreva con lei di questo uomo.
Il giorno del suo compleanno, Fiamma era tornata a casa con un grande mazzo di fiori di campo.
"Guarda, Carlo, che bei fiori," aveva esclamato lei "li ho trovati stamattina sulla scrivania. Che gentile il mio capo… Pensa, si è ricordato del mio compleanno."

E tutta contenta gli aveva fatto annusare il profumo.

A Carlo quei fiori non erano piaciuti per nulla e ancor meno gli era piaciuto l'entusiasmo di Fiamma.

La *sua Fiamma*.

Come nel cielo azzurro all'improvviso una grande nube riesce per un momento a oscurare il sole, così nella mente di Carlo per un attimo era apparsa un'ombra.

Era, per un istante, entrato nel suo cuore il timore di perdere Fiamma.

Una terribile sensazione.

Poi tutto era tornato nella normalità.

Fiamma dimostrava sempre di amarlo.

Come sempre ogni sera gli raccontava la sua giornata e lui, tenendola stretta fra le braccia, ascoltava e a sua volta le raccontava.

Ma quando Fiamma parlava del suo capoufficio, non poteva fare a meno di adombrarsi. Era più forte di lui.

Questo tarlo aveva iniziato a scavare e il suo cuore non era più sereno come prima.

Al mattino osservava Fiamma mentre si preparava e la gelosia – sì doveva ammetterlo era diventato geloso – gli faceva sorgere dubbi. Gli sembrava che lei facesse più attenzione al trucco, ai vestiti. Gli sembrava più bella.

Senza preavviso più di una volta era andato davanti all'ufficio ad aspettarla.

Come temeva, una sera era uscita col suo capoufficio.

Mentre tornavano a casa, Carlo non era riuscito a trattenersi.

E con leggero sarcasmo le aveva detto: "Chi l'avrebbe mai detto che saresti uscita assieme a lui! Cosa ti diceva di tanto interessante?".

Lei aveva colto il tono e gli aveva risposto, risentita: "Ma cosa vai a pensare? Cosa credi? Pensi mi lasci abbindolare così facilmente? Come non mi conoscessi! Non farlo più. Mi hai offesa!".

11

L'atmosfera era rimasta tesa per un paio di giorni, poi era tornato il sereno e si erano di nuovo molto amati.

Una sera erano a cena con amici e a Carlo era sembrato che Fiamma ascoltasse con particolare attenzione, quasi con trasporto, il loro amico Mario. Un bell'uomo, uno scapolo impenitente, dalla battuta facile e ironica.

Mario è veramente simpatico, spiritoso, sa catturare l'attenzione femminile con facilità, aveva considerato a malavoglia mentre cercava di seguire i loro discorsi.

Arrivati a casa si era rivolto a Fiamma con malcelata e amara ironia: "Ti è simpatico Mario, vero? Certo è più simpatico di me… È anche più divertente".

Mentre lo diceva, Carlo si muoveva lasciando trapelare un certo nervosismo.

Fiamma all'inizio aveva finto di non aver capito, poi si era rivolta a Carlo con tono deciso. Era seria e pallida.

"Non posso tollerare la tua gelosia. Sarà meglio io ritorni dai miei genitori. Domani vado a casa mia." Con tono gelido aveva continuato: "Un po' di lontananza ti farà bene. Ti chiarirà le idee".

Poi se ne era andata a letto.

Carlo non si aspettava una reazione simile e dopo averla scongiurata aveva ammesso: "Ho esagerato, non succederà mai più. Capisco, ma vedrai che fra due giorni noi saremo ancora insieme… Non possiamo stare l'uno senza l'altra".

Il giorno dopo lei era andata dai suoi, portando una borsa piena di indumenti.

Carlo aveva sofferto, si era pentito e dopo tante insistenze Fiamma era tornata.

"Se mi farai ancora una scenata di gelosia io ti garantisco che me ne vado e non torno più. Non mi vedrai più. Pensaci bene.

Io non sono una sgualdrina. Lo sai!"
Era molto seria e sicura di quel che diceva.
Purtroppo era successo un'altra volta.
Sempre per futili motivi e quella volta Fiamma era rimasta dai suoi per circa un mese.
Poi tutto era tornato come ai vecchi tempi, sino alla scenata che le aveva fatto alla discesa del vaporetto.
Quella volta Fiamma non era tornata dai genitori.
Carlo era certo avesse raggiunto una cugina in Inghilterra. I suoi familiari gli avevano detto: "Fiamma non vuole farti sapere dove e con chi è andata. *Se vorrò contattare Carlo lo farò io stessa, voi non ditegli nulla*, queste sono state le sue parole e noi non possiamo tradire la promessa che le abbiamo fatto."
Fiamma non l'aveva più contattato.

Oltre al desiderio di vederla, al bisogno di sentirla, Carlo era preso da tanti pensieri. Avrebbe voluto sapere non solo dove viveva, ma anche *Come? Con chi?*
Alla gioia per il ritrovamento del ciondolo erano subentrati la nostalgia. Il rimorso.
Non si spiegava l'atteggiamento assunto, le scenate fatte.
Il tarlo della gelosia era stato debellato dal dolore, dall'amarezza dell'abbandono di Fiamma.
Tempo era trascorso e non era riuscito a dimenticarla e non aveva abbandonato la speranza di rivederla.
Non poteva, non riusciva a pensare di non rivederla più.
Sarebbe stato troppo doloroso.
Aveva riposto il ciondolo nel cassetto del suo tavolo da lavoro e quando rientrava spesso lo guardava, a volte lo toccava.
Gli sembrava così assurdo che la storia d'amore con Fiamma fosse finita. Assurda soprattutto la causa.
Da Polo aveva trovato in una vecchia stampa un motivo per il *menorah*.

L'impegno mentale sul come soffiare quell'oggetto lo aveva distratto, dato sollievo alla nostalgia per Fiamma.

Tom ora frequentava spesso la casa di Carlo.

Si metteva davanti alla finestra e dipingeva su una tela l'immagine del giardino.

Un pomeriggio, da Bèpi, Carlo e Tom avevano incontrato Rosetta e senza tanti preamboli le avevano confidato il loro desiderio e il loro piano per incontrare Giuditta.

Rosetta aveva ascoltato con attenzione e non si era opposta al loro progetto. Anzi, aveva promesso ai due amici che avrebbe pensato, riflettuto su come aiutarli.

La donna aveva poi parlato della signora Giuditta.

La *mia signora*, diceva lei.

"Io so che la mia signora è nata qui, nel ghetto, nel millenovecentosedici e suo padre era un commerciante di stoffe. Aveva due sorelle più piccole, Ester e Miriam. Giuditta studiava e suonava il violino, voleva diventare architetto. Era molto brava. Suo padre aveva insistito perché andasse presso gli zii in America, a New York, per frequentare l'Università. *Io non volevo partire, ma mio padre ha insistito perché la situazione in Italia era diventata difficile.* Così mi ha raccontato mentre *la stava quasi per piàngere*".

Carlo e Tom erano concentrati su quelle parole.

Poi la donna aveva continuato: "Una volta mi ha fatto vedere *il biglièto che avèa ricevuto* da suo padre. Lo tiene come una reliquia. *Lo ha mèso in cornice sopra al lèto. Come noi un santo!* Suo padre le aveva scritto: *'Manca un ultimo timbro ai documenti e ti raggiungeremo…'* Gli ebrei, allora, non potevano più vivere in Italia. La mia signora li ha aspettati, ma loro a New York non sono mai arrivati. Sono stati portati in campo di concentramento e *nissùno li ha più visti. Son morti tùti.* Anche sua nonna. *Anca èla se chiamava Giuditta.*

Solo alla fine della guerra la mia signora ha saputo la verità.
Da allora lei *stà ancora male. Non sa dàrse una spiegasiòn...
Poarèta...* Ha tutte le ragioni del mondo.
Certe notti non dorme e *la me dise: 'Stanotte è stata la notte
degli spiriti', e la tiene due oci ròssi e delle occhiaie che non
li se pòl guardàr"*.
Rosetta commossa si era soffiata il naso.
Lei sarebbe stata contenta se la sua signora avesse ricevuto
qualcuno. Pensava che quella solitudine, dopo la morte del
marito, durava da tanto, da troppo tempo.
Dopo quel pomeriggio Rosetta osservava e ascoltava Giuditta
con attenzione. Doveva cogliere il momento giusto per par-
larle di Tom e di Carlo.
Finalmente il giorno era arrivato.
La signora le sembrava serena, disponibile.
Era un pomeriggio afoso. Sarebbe arrivato un temporale?...
La signora Giuditta aveva rinunciato a lavorare in giardino.
Troppo caldo!
"Rosetta, per favore, vai a prendere la cartella verde che sta
sul tavolo nella casetta? Attenta a non far cadere i fogli."
La signora aveva preso due disegni e li stava guardando.
Rosetta di proposito non si era allontanata.
"Signora, sono molto belli... è proprio brava! Signora lo sa
che quando al pomeriggio mi fermo al bar, da Bèpi, incontro
spesso il signor Tom e il signor Carlo che sta proprio qui di
fronte, *nèla corte.* Sono due artisti anche loro. Uno fa il pittore
e l'altro *el zhè un vetraio.*"
"Ma quanti artisti ci sono da queste parti!" aveva ironizzato
Giuditta.
Rosetta aveva annusato il buon vento e aveva insistito.
"Sì, delle volte abbiamo parlato di lei e loro vorrebbero conoscerla."
"Magari vedere *quel che hèla fa* e loro parlarle dei loro lavori... fra artisti..."

"Rosetta, io non ricevo mai nessuno, lo sai, comunque vedremo…" le aveva risposto Giuditta.

Rosetta aveva continuato a parlare dei due amici e li aveva descritti come due persone gentili di cui poteva fidarsi e…

"Parlar con degli artisti le farebe sòl bèn."

Quelle parole avevano ricordato a Giuditta l'ultima raccomandazione di Giorgio, suo marito.

Giuditta non stare sempre da sola. Devi frequentare persone che abbiano i tuoi interessi per poter scambiare opinioni… idee. A Venezia non mancano le occasioni… i luoghi. Non rimanere sempre chiusa in casa.

A Giuditta era sembrato di risentire *quei consigli.*

Era rimasta per un momento assorta. Silenziosa.

Dopo aver guardato i suoi disegni in ogni particolare le aveva detto: "Penso che conoscerò i tuoi amici artisti".

Rosetta era molto contenta che la sua signora ricevesse, incontrasse e parlasse con qualcuno.

Il giorno seguente era andata di proposito da Bèpi per dare la bella notizia a Carlo e a Tom.

"Non so come dire," aveva detto, mentre si sedeva al tavolo "la mia signora accetta di ricevervi nella sua casa."

Rosetta era visibilmente eccitata. Non riusciva a nascondere la gioia che provava e, per filo e per segno, aveva loro riferito come e ciò che era accaduto.

Ai due amici non sembrava vero. Grazie a Rosetta avrebbero incontrato la signora Giuditta.

Erano emozionati. Tom si sentiva come quando da ragazzino doveva sostenere un esame e Carlo non era più così sicuro che un *menorah* fosse l'oggetto giusto da regalare.

Si erano incontrati un'altra volta a casa di Carlo e avevano analizzato le loro opere con occhio critico.

Avevano atteso impazienti che Rosetta comunicasse loro il giorno e l'ora che la signora Giuditta li avrebbe ricevuti.

"La mia signora *vè aspèta* sabato pomeriggio" aveva detto con entusiasmo Rosetta.

Poi aveva continuato: "Sono così contenta, finalmente riceve qualcuno… *son certa che le farà ben, pol fàrle sòl bèn parlàr con qualcheduno*". E, sistemandosi la gonna, aveva detto: "*Bèpi, per favòr, pòrtame 'nà gassòsa fresca… con la canùssa.*"

Il menorah e *il quadro sono pronti e domani insieme a Tom incarterò i due regali. Faremo un bel lavoro.*

Carlo stava pensando a questo, quando un'idea si era fatta strada nella sua mente. All'improvviso. Come un lampo. Una forte palpitazione gli aveva mozzato il respiro.

"Come non averlo pensato prima?..." si era chiesto a voce alta. "Domani andrò a Madonna dell'Orto e donerò il gioiello alla Vergine come voleva Fiamma."

Questa decisione lo aveva rasserenato, gli aveva dato un po' di speranza. Gli aveva teso un filo che nel suo desiderio lo avrebbe di nuovo unito a Fiamma.

Se Fiamma dovesse tornare a Venezia sono certo che farebbe visita alla sua chiesa preferita e capirebbe che solo io potevo portare il suo ciondolo *in quel luogo e avrebbe la conferma che non l'ho dimenticata.*

Si era alzato di buon mattino, in fretta aveva raggiunto il gondolino e di buon passo aveva raggiunto la Chiesa.

Era appena iniziata la celebrazione della prima Messa.

Un fresco umido aveva avvolto Carlo che aveva atteso il sacerdote fermo in un angolo.

Solo Tintoretto poteva dipingere Maria con tanta grazia. Una esile bambina che sale al tempio… Non sembra intimorita da quei grandi uomini che la stanno aspettando lassù, in alto, alla fine della scala, pensava, osservando le ante dell'organo.

In sagrestia il sacerdote si toglieva i paramenti, mentre Carlo gli spiegava il motivo della visita e gli mostrava il gioiello.

Quello di Carlo era stato un monologo, una confessione. I suoi occhi lucidi non erano sfuggiti al vecchio sacerdote che con molta comprensione lo aveva aiutato ad allacciare il ciondolo al polso del Bambino.

"Pregherò la Vergine per lei, ma anche lei deve farlo. Sono certo che questa sofferenza ha cambiato il suo cuore, tuttavia dobbiamo accettare i disegni di Dio. Mi venga a trovare. Chi può dire cosa potrà succedere. Ora devo salutarla" e gli aveva stretto le mani fra le sue.

Carlo era tornato alla chiesa, ma il gioiello era sempre al suo posto. Una volta il vecchio sacerdote, che lo aveva riconosciuto, lo aveva invitato a pregare insieme la Vergine.

"Deve avere fiducia e speranza," gli aveva detto "perché la mancanza di speranza è il peccato più grave per un cristiano. Se tornerete insieme, sono certo che il vostro amore sarà più forte e sincero di prima."

Quelle parole avevano profondamente consolato Carlo.

Alle quattro del sabato pomeriggio, puntuali, stavano suonando il campanello della casa di Giuditta.

Carlo teneva sottobraccio la tela e in mano il *menorah*, mentre Tom con una mano reggeva il bastone e nell'altra aveva un mazzo di fiori.

"La mia signora *ve stà aspetando* in soggiorno" aveva detto Rosetta, mentre apriva il portone.

La signora Giuditta aveva dato i fiori a Rosetta e ringraziando aveva preso i regali.

Mentre li scartava, i due amici, incuriositi, avevano guardato la stanza. Le finestre davano sul giardino, facendo entrare una luce meravigliosa. Pochi i mobili, ma di pregio, come il grande tappeto.

Le pareti quasi spoglie. Una grande foto in bianco e nero di una famiglia sopra una cristalliera e sulla parete di fronte alcune foto di diverse persone.

Giuditta aveva in mano il *menorah* e stupita lo guardava. Il vetro rifletteva l'oro col quale era stato impastato. Lei aveva capito il pregio dell'oggetto.

"Non ho mai visto un *menorah* così fragile e raffinato. Durante l'*Hannukkah* questa stanza, con questo *menorah*, brillerà come fosse piena d'oro. Sarà bellissimo."

Con cura l'aveva appoggiato sulla cristalliera, sotto la foto della grande famiglia. Si capiva che l'oggetto era stato apprezzato e soprattutto gradito.

I due ospiti ora erano più rilassati ed erano in grado di notare gli occhi azzurri di Giuditta che si illuminavano.

Poi Giuditta aveva appoggiato il quadro sul tavolo e alzata la parte alta della cornice per vedere meglio.

Non riuscendo a nascondere lo stupore le era sfuggito: "Il mio giardino visto dall'alto! Ma che idea originale… Non ho mai avuto occasione di vederlo!".

Aveva subito guardato se della casa c'erano anche il tetto e i camini.

Ma Tom della casa aveva ripreso, di scorcio, solo il primo piano. Il resto della tela era occupato dal giardino traboccante di verde e di fiori, dal platano e dalla casetta.

Giuditta non riusciva a guardare i camini… Stava male.

Lei non voleva tornare da New York… A New York era quasi impossibile vedere i camini.

Il quadro le era piaciuto. I suoi occhi ora erano lucidi.

"Lo appenderò fra le due finestre e durante l'inverno mi ricorderà quanto è bello il mio giardino fiorito."

12

Dopo queste gentilezze, Giuditta, Tom e Carlo erano andati in giardino. Rosetta aveva portato caffè e bibite e non riusciva a nascondere la soddisfazione che provava nell'essere riuscita a far incontrare i tre artisti.

Era rossa in viso e sorrideva. Saliva e scendeva i gradini, continuando a chiedere se serviva qualcosa. Non riusciva ad allontanarsi dal gruppo.

I tre argomentavano su opere e forme artistiche.

Tom aveva parlato della tecnica del restauro dei quadri e dell'importanza di conoscere la storia della pittura.

Giuditta aveva mostrato interesse, come quando aveva ascoltato Carlo mentre spiegava come funziona una fornace e di come sia importante per un mastro vetraio tanto conoscere i minerali quanto possedere forza fisica.

Infine Giuditta, su esplicita richiesta degli ospiti, aveva parlato del suo lavoro.

Aveva detto di illustrare libri per l'infanzia, ma non il perché aveva fatto quella scelta.

Lei sapeva che non avrebbe mai potuto avere figli.

Sapeva che il suo dolore non le avrebbe mai permesso di essere una madre serena. Conosceva troppo se stessa.

Le sue improvvise crisi la spaventavano e temeva che non sarebbe mai stata in grado di dominarle.

I suoi disegni erano splendidi.

Riempivano completamente i fogli.

Erano di colori vivaci, intensi.

Scene fiabesche, che potevano solo suscitare serenità, gremite di figure di esseri e animali fantastici.

Carlo, mentre faceva elogi di sincera ammirazione, pensava, *non avrei mai immaginato tanta fantasia, delicatezza e poesia in un disegno.*

Giuditta spiegava e dalle sue parole si capiva quanta dolcezza ci fosse nel suo cuore.

Tom aveva commentato le tecniche e i materiali usati, ma non aveva fatto nessun commento sui contenuti.

Aveva capito che Giuditta con quei disegni splendidi, fiabeschi, voleva mandare ai bambini messaggi di poesia. Voleva farli sognare, far loro apprezzare e gustare il bello.

Giuditta, mentre metteva nella cartella i disegni, aveva detto sottovoce poche parole, ma molto significative.

"I bambini non dovrebbero mai conoscere, vedere la violenza. Nemmeno nei disegni."

Il pomeriggio era stato gradevole e i tre si erano ripromessi di incontrarsi di nuovo.

Giuditta, prima di ritirarsi, aveva guardato e riguardato il quadro. Il suo giardino!

Lo aveva visto la prima volta da bambina.

Vieni Giuditta con me. Devo andare dal signor Alvise. Vedrai il suo giardino, dove potrai correre e giocare con Giorgio, suo figlio. Così le aveva proposto suo padre.

Lei era andata. Si era molto divertita in quel giardino.

Con Giorgio aveva giocato con la palla, a nascondino ed era salita sulla bici.

Vi era tornata altre volte.

Giorgio l'aveva rivisto durante l'ultimo anno di liceo.

Poi New York, la Guerra e la tragedia.

Poi il dolore. Poi l'angoscia.

Lei non era più tornata a Venezia. Non aveva più nessuno.

Non sarebbe riuscita a tornare al ghetto.

Notti degli spiriti, erano quelle che viveva a occhi aperti.

Ester e Miriam la chiamavano. *Vieni a giocare con noi?* Lei sentiva le loro risate infantili.

Giuditta, vieni a pettinarmi?, le chiedeva Ester.

Giuditta, ci leggi una favola? Ci racconti una storia?, le domandava Miriam.

Sua madre portava le trecce intorno al capo come una corona ed era silenziosa, discreta. Tratteneva le manifestazioni d'affetto, ma le guardava con dolcezza.

E nonna Giuditta? Sempre pronta a giustificare le loro marachelle. Lei adorava le tre nipoti. Loro erano davvero la luce dei suoi occhi.

Suo padre… Risentiva ancora le terribili arrabbiature… La sua voce grossa… Ma non era mai riuscito a castigarle.

Perché loro sì e io no?

Questa era la domanda che lei si poneva.

Che la tormentava mentre le tornavano scene liete della sua infanzia e della sua gioventù nella casa. Nel ghetto.

Non riusciva a perdonarsi di essere sopravvissuta.

Dopo la visita di Tom e Carlo la notte era stata serena.

Aveva sognato Giorgio, suo marito. Erano in giardino, passeggiavano seguiti da Peggy. Lui le sorrideva.

Giuditta si era svegliata e si era chiesta, *sarà contento perché ho ascoltato il suo consiglio?*

Ho forse esaudito un suo desiderio? Forse sì, aveva pensato Giuditta.

Nessuno aveva conosciuto e conosceva l'intensità del suo dolore. Solo Giorgio.

Giuditta, dopo aver saputo della tragedia che aveva colpito lei come altre migliaia di ebrei, era rimasta terribilmente scossa. Sconvolta.

Non riusciva ad accettare l'idea di non rivedere mai più la sua famiglia. Non trovava pace. Non riusciva a interessarsi a nulla.

Si sentiva vuota. Un fantasma.

Non aveva stimoli alla vita, nonostante il sostegno dei parenti, di sua cugina Sara e delle cure mediche.

Per un periodo aveva interrotto gli studi e nemmeno il violino le era di aiuto.

Dopo tanto tempo, tanta sofferenza, tanta fatica e alternanza di periodi calmi ad altri oscuri e tenebrosi, era riuscita a trovare un po' di serenità dedicandosi al disegno. Quando avvertiva che stava per essere assalita dal terribile ricordo, andava alla ricerca del violino.

Sola nella sua stanza, abbracciava quello che lei considerava il suo *amico*, il suo *compagno*; con dolcezza lo avvicinava al viso e iniziava a suonare.

Era come se al violino lei paralasse, gli raccontasse il suo dolore e lui l'accompagnasse. Quando lei si fermava non lo lasciava, non lo abbandonava.

Lui, il violino, *l'amico*, in silenzio aspettava che lei riprendesse di nuovo a dialogare con lui.

Era trascorso molto tempo e un pomeriggio di una calda giornata di maggio, lei era a *Central Park*.

Seduta su una panchina guardava le persone che le passavano davanti. Chi aveva fretta, chi in gruppo rideva allegramente, chi faceva footing.

Osservando alcuni bambini che correvano felici sul prato e i loro genitori che ansimando cercavano di raggiungerli, aveva pensato, *come è diversa l'infanzia dei bambini di New York dalla mia al ghetto, a Venezia.*

"Giuditta! Ma sei tu Giuditta? Sei proprio tu?"

Giuditta, come avesse avvertito una scossa, a quelle parole era tornata bruscamente a *Central Park*.

Chi può essere? Chi mi chiama? si era chiesta.

"Sono Giorgio… Giorgio di Venezia. Ti ricordi di me?"

Un attimo e a Giuditta era tornato alla mente tutto.

"Giorgio!..." aveva esclamato sorpresa.

Poi aveva pensato, *Giorgio, oh no, non voglio parlare di Venezia!*

Giorgio, sorridendo, le si era avvicinato.

13

Le aveva stretto le mani, era quasi commosso. Giorgio ora era un uomo dall'aspetto gradevole, rassicurante.

"È la prima volta che vengo a New York, sono qui per lavoro e quale miglior fortuna potevo avere se non incontrarti? Parlami di te… Quanti anni… Mi farebbe piacere trascorrere un po' di tempo con te e conoscere i luoghi e gli aspetti più interessanti di questa città."

Dimostrava di essere veramente contento di rivederla. Lei, solo per non essere scortese, aveva accettato, ma quei due giorni insieme a Giorgio erano stati piacevoli.

Giorgio era tornato a Venezia e le aveva fatto alcune telefonate. Telefonate che lei gradiva molto. Dopo alcuni mesi lui era ritornato in America e lei questa volta aveva accettato con *piacere* di essere la sua guida. Giorgio era stato gentile, premuroso. Le aveva dato un senso di protezione mai provato prima.

Con Giorgio stava bene. Era riuscita, con fatica, ad accennargli delle sue paure. L'amicizia lentamente si era trasformata in affetto. Per tanto tempo il loro rapporto era stato vissuto in questo modo.

Giorgio la raggiungeva a New York, restava suo ospite per un po' di tempo, poi tornava a Venezia.

Lei non era mai riuscita a tornare.

Venezia! Troppo dolore! Troppi camini!

Dopo molto tempo lei si era finalmente confidata.

Fra le braccia di Giorgio si era sciolta.

Aveva finalmente pianto! Lui l'aveva ascoltata.

L'aveva consolata e le aveva promesso: "Io ti proteggerò sempre, non ti lascerò, non sarai mai più sola".

Lei aveva accettato il suo amore.

Si erano sposati e lui si era trasferito a New York. Non voleva chiederle di tornare a Venezia e non poteva fare a meno di lei. Le volte che lei era presa dall'angoscia, Giorgio la teneva stretta e l'accarezzava con dolcezza.

Avevano vissuto diversi anni a New York. Giorgio si era ammalato e desiderava tornare alla sua casa col giardino.

Giuditta per farlo felice aveva accettato di tornare a Venezia. Stavano ore nel giardino a chiacchierare sereni.

Giuditta amava quel giardino. Era il luogo dove poteva guardare il cielo senza vedere camini. Appena arrivati a Venezia, Giorgio si era recato alle *Zitelle* perché le monache gli mandassero una delle loro ragazze per i lavori di casa. Le suore avevano mandato Rosetta.

Tom e Carlo di tanto in tanto andavano da Giuditta.

Lei non aveva mai parlato apertamente del suo dolore e un pomeriggio aveva presentato ai due amici le persone delle foto che teneva appese alle pareti del soggiorno.

Prima aveva indicato quelle della famiglia di Giorgio. I bisnonni che avevano costruito la casa, i nonni e i genitori e nell'ultima foto, a colori, lei e il marito prima di lasciare New York. Si era poi girata verso la foto della sua famiglia.

Per un attimo non era riuscita a parlare e solo dopo aver deglutito, con voce lieve e occhi abbassati, aveva detto: "Questa è la mia famiglia, i nonni, gli zii… La mia famiglia nella nostra casa… Prima della guerra".

Nessuno aveva fatto domande. Nessuno aveva commentato.

Quando Tom andava da Giuditta da solo, come due vecchi amici parlavano di pittura e di mostre. Lei di New York.

Il tempo trascorreva. Tom di rado raggiungeva la scuola di pittura per gli anziani. Ora il viaggio era faticoso.

Il bastone non era solo un oggetto elegante, snob.

Ora gli era necessario. E Giuditta?

E Giuditta ora il bastone lo usava anche in casa.

Tom le aveva parlato della sua esperienza di partigiano, perché lei glielo aveva espressamente richiesto.

Non era però riuscito a raccontare la sua storia con il solito entusiasmo, con la solita palese soddisfazione.

Dopo aver conosciuto il dolore di Giuditta, la difficile scelta fatta a quel tempo, che gli era costata fatica e sofferenza, ora gli sembrava un'inezia.

L'unica che un giovane con alti ideali poteva fare.

Tom e Carlo erano invitati da Giuditta per l'*Hanukkah*. La stanza si illuminava dalle candele del *menorah* di vetro soffiato e la luce, scomposta in mille faville dorate, sembrava dare magica vita a ogni cosa.

Avevano mangiato *kasher* e Giuditta sembrava più serena.

Era appena finito gennaio e Tom un mattino aveva ricevuto da Rosetta in lacrime la notizia della morte improvvisa della *sua signora.*

Carlo e Tom, dopo che il corpo di Giuditta era stato avvolto nel *taled*, avevano ascoltato il *kaddish* e seguito la sepoltura al cimitero ebraico al Lido.

Ora Carlo dalla finestra vedeva la casa chiusa e il giardino deserto ed era preso da una profonda tristezza. Lui e Tom spesso si chiedevano chi sarebbe andato ad abitarci.

Giuditta aveva lasciato la casa in eredità ai suoi cugini americani. Unica clausola, *non venderla e conservarla come l'ho lasciata.*

Inoltre aveva disposto una somma perché Rosetta e Bèrto continuassero ad averne cura anche se era vuota.

Giuditta in cuor suo aveva sperato, si era augurata, che qualche giovane coppia di cugini potesse trasferirsi a Venezia e trascorrere nella casa giorni sereni come quelli vissuti da lei e Giorgio.

Invitati da Rosetta, Tom e Carlo a volte si incontravano nel giardino e vi trascorrevano momenti piacevoli.

Un giorno, mentre godevano il tepore di un pomeriggio primaverile, Tom aveva confidato a Carlo: "Penso di tornare a Milano. Mi sento stanco e mia nipote, che abita da sola nella mia vecchia casa, insiste perché la raggiunga".

Aveva fatto quella riflessione con tono tranquillo.

Carlo a quelle parole aveva reagito dicendogli: "Non capisco questa fretta! Ora stai bene e se hai bisogno sai che io, Rosetta e Bèrto siamo pronti ad aiutarti".

Poi, con tono convincente: "Se torni a Milano sono certo soffrirai di nostalgia… Rimani ancora qui. Venezia ti mancherà!".

Appena finita la frase, erano stati raggiunti da Rosetta che, tutta eccitata e in un solo fiato, aveva detto loro: "*Ascoltème, ho appena ricevuto una telefonata, fra tre giorni arìvano tre americani… Son tròpo emòsionada. Devo dirlo a Bèrto… Deve essere tùto in ordine, pulito.* Andiamo, *andèmo non tengo tempo da perder*".

Mentre diceva queste parole, seguita dai due amici, era rientrata e aveva iniziato a chiudere porte e finestre.

"Mi raccomando, quando arrivano dovete esser qui *ànca voialtri*… Io e Bèrto da soli non *sèmo capàci* di ricevere gli americani" ed erano usciti dalla casa insieme.

Tom e Carlo non avevano avuto tempo per fare obiezioni.

Rosetta aveva poi telefonato loro per aggiornarli sull'ora dell'arrivo degli americani.

"*Me racomàndo de èsere* puntuali" aveva detto, prima di chiudere la telefonata.

Tom, sorridendo, aveva pensato, *è agitata come un leone in gabbia.*

Un'ora prima del previsto arrivo dei tre giovani da New York, Tom e Carlo erano nel giardino insieme a Bèrto a bere una bibita. Rosetta era in casa a controllare.

Il campanello aveva suonato e Rosetta a voce alta aveva detto: "Bèrto, Tom, Carlo, venite! Sono arrivati!".

14

E loro l'avevano raggiunta pieni di curiosità.

Rosetta aveva aperto la porta.

Due giovani e una ragazza erano in piedi con grossi bagagli a terra.

"Siamo felici di essere finalmente a Venezia" aveva detto il giovane dalla pelle un po' scura e di bassa statura.

"Io sono Aaron, un cugino di Giuditta" e, mostrando la custodia che teneva nella mano sinistra, aggiunse: "Sono un violinista".

Parlava un discreto italiano, con un accento particolare.

Queste parole avevano rincuorato Rosetta.

Posso capìr quel che dicono… posso parlàr con loro, aveva pensato, sorridendo con profondo sollievo.

"Io sono Katy, un'amica di Aaron, sono una guida turistica e sono qui per un corso d'italiano, perché parlare bene l'italiano a New York è importante, sia per il turismo, sia per il business" aveva detto la ragazza, bionda, alta e attraente.

"E lui è Mike. È molto bravo a suonare il flauto."

Poi, sorridendo, aveva aggiunto: "Ma in italiano sa dire solo buongiorno e buona notte".

Rosetta era più rilassata e Bèrto, tutto contento, aveva pensato, *Sanstàestàe, che bèo vivere con dei mericàni….*

Tom aveva salutato i tre giovani con un gran sorriso, un sincero *benvenuti* e calorose strette di mano.

Carlo aveva detto alcune parole in inglese e non aveva ignorato il fascino della giovane donna.

Dopo i consueti convenevoli e dopo aver consumato un po' delle prelibatezze preparate da Rosetta, Carlo e Tom avevano lasciato la casa, promettendo ai tre ospiti che si sarebbero rivisti in quella casa fra un paio di giorni.

Bèrto aveva preparato un foglio con le indicazioni su come

usufruire dei vaporetti. Aveva segnato la fermata per la scuola di lingue, dove sarebbe andata Katy e quelle per il Conservatorio e i teatri, per Aaron e Mike.

I tre ospiti e Bèrto erano in giardino, avevano appena finito la colazione e alla vista di Tom e Carlo si erano alzati, mostrandosi pronti per vaporetti, ponti e calli.

Carlo aveva osservato Katy e considerato che era davvero una bella donna. Alta, nonostante le scarpe basse, aveva raccolto i capelli biondi sotto un cappellino bianco con visiera. I pantaloni chiari, anche se non erano stretti, non nascondevano la perfezione delle lunghe gambe.

Il suo sorriso era perfetto.

Sul vaporetto, che percorre tutto il Canal Grande sino a San Marco, Carlo si era seduto vicino a Katy.

"Questa è Cà Pesaro… quello è Palazzo Grassi…" e Katy con molta attenzione ruotava la testa a destra e a sinistra seguendo le indicazioni di Carlo.

Tom e Bèrto davano le stesse indicazioni ad Aaron e Mike.

In Piazza San Marco i tre giovani si erano fermati.

Come fossero davanti ad un'immagine fantastica, irreale, erano rimasti in silenzio. Erano riusciti solo ad emettere brevi esclamazioni di stupore.

"Oh!… Bello!… *Look at*!… Oh!" e si giravano e guardavano in alto le cupole, la torre dell'orologio, il campanile… poi si giravano di nuovo per osservare meglio la basilica.

Non sapevano dove fissare lo sguardo! Tutto quello che i loro occhi riuscivano a vedere era straordinario.

Non erano entrati in nessun luogo particolare… avrebbero avuto tutto il tempo.

C'era solo da contemplare il magnifico insieme.

Katy, data la padronanza della lingua, riusciva ad esprimere l'entusiasmo, lo stupore che la città suscitava nei giovani americani.

"Non pensavo fosse così… così indescrivibile. Guardate le

case, i palazzi, le cupole! Paragonati ai nostri grattacieli sembrano case per bambole.”
“Come essere dentro a una fiaba” aveva precisato Aaron.
“No auto, no taxi, no bus” continuava Katy.
“Fantastico” sottolineava Aaron. “Mike, *it's wanderfull*.”
Carlo era sempre vicino a Katy.
Gli piaceva averla al fianco, essere gentile, chiederle se desiderava qualcosa. Voleva che lei si accorgesse della sua presenza e della sua disponibilità.
Una bella passeggiata nei dintorni, una sosta al bar e Tom, un po’stanco, era tornato con Bèrto in vaporetto.
Carlo, ai tre giovani mentre percorrevano Strada Nuova, aveva indicato le chiese più importanti, ma non aveva accennato a Madonna dell’Orto. Troppo legata a Fiamma.
Passeggiando, quasi per caso erano arrivati al sottopòrtego che sfocia nel ghetto.
“Che dite, entriamo nel ghetto?” aveva chiesto Carlo.
“Sì, sì, entriamo” avevano risposto Katy e Mike.
Aaron non aveva risposto. Non aveva notato che erano già arrivati al ghetto. La proposta di Carlo lo aveva sorpreso. Non era preparato a quella visita. Non aveva risposto, aveva seguito gli altri in silenzio e assorto rifletteva.

Entrati nel ghetto, Carlo aveva spiegato la storia del luogo e Mike ne ascoltava la traduzione dai suoi amici.
Katy aveva fatto domande e Aaron aveva ascoltato serio le risposte di Carlo. Quel mondo lo conosceva, ma camminare dentro al ghetto gli procurava un’emozione impensabile.
“Questo è il ghetto! Per motivi di spazio, le case sono le più alte di Venezia. È rimasto intatto! È circondato dall’acqua e un tempo aveva un cancello che ogni sera veniva chiuso dall’esterno e aperto al mattino al primo tocco della *Marangona*, la campana di San Marco.”

Aveva poi mostrato i cardini rimasti ancora murati nel sotto-pòrtego. L'unica entrata.

"Il cancello è stato tolto con l'arrivo dei francesi. Con Napoleone i ghetti sono stati aperti e gli ebrei hanno potuto muoversi per le città sia di giorno che di notte" aveva detto Carlo.

Con queste poche parole aveva spiegato come agli ebrei fosse stato impedito per decenni di uscire di notte.

I tre giovani guardavano e ascoltavano quasi increduli.

Si erano poi diretti alla casa del Rabbino.

Il rabbino, un anziano dallo sguardo acuto e il sorriso seminascosto da una rada barbetta brizzolata, aveva accolto i tre giovani con cortesia. Ascoltava la loro storia con rispetto e spesso si sistemava la *kippah*.

"Ho conosciuto la signora Giuditta e suo marito, il signor Giorgio. Sono molto contento che la casa sia di nuovo abitata dai loro parenti" aveva detto il rabbino. "Se avete un po' di tempo, facciamo due passi."

Avviato dentro al ghetto spiegava: "Le sinagoghe a Venezia sono cinque. Sono la testimonianza delle comunità provenienti dal nord, dal sud, dall'est e dall'ovest, con le loro diversità. Logicamente c'è quella italiana".

"Come mai le sinagoghe sono all'ultimo piano?" aveva chiesto Katy, con curiosità.

Era sempre vicina a Carlo.

"Per evitare che fra noi e l'Altissimo ci siano ostacoli. Quando Lo invochiamo e Lo ringraziamo, fra noi e il Cielo non devono esserci impedimenti."

Anche Carlo aveva ascoltato con attenzione.

"Se volete tornare, una domenica vi accompagnerò nelle sinagoghe e vi dirò altre cose sulla nostra religione. Purtroppo ora devo lasciarvi."

I quattro, usciti dal ghetto, camminavano lentamente. Non guardavano campi e chiese. Aaron in silenzio seguiva gli amici, immerso nei suoi profondi pensieri.

L'indomani, domenica, il rabbino aspettava i nostri amici al ghetto e per motivi diversi erano tutti in agitazione.

Carlo, anche se era già stato al ghetto, era preso da una strana preoccupazione. Questa volta non sarebbe stata una passeggiata, sarebbe stato diverso. Conosceva le case, le sinagoghe i ristoranti, ma si rendeva conto che questa visita era un'altra cosa. Non era la presenza di Katy a turbarlo, ma le riflessioni che sarebbero seguite.

Tom era agitato. Il luogo avrebbe di nuovo messo a fuoco la sua esperienza giovanile, quella di cui andava fiero, ma domani non ne avrebbe parlato. Avrebbe sofferto.

Pensava e rivedeva Giuditta.

Bèrto era emozionato e sospirava spesso un *Sanstàestàe*.

Non era mai andato al ghetto con *intenzioni particolari*. Domani sarebbe stato diverso. Lo capiva e provava molta incertezza. Non era così sicuro su come avrebbe reagito.

Mike non aveva una conoscenza approfondita del mondo ebraico, certo sapeva della persecuzione e la visita al ghetto era una esperienza nuova. Venezia era stata un continuo succedersi di novità, non si era mai annoiato e ora si chiedeva, *domani cosa proverò?* Era un po' nervoso.

Katy era emozionata e curiosa. Era già stata altre volte in sinagoga, ma capiva che quello che avrebbe vissuto il giorno seguente sarebbe stata davvero un'esperienza eccezionale.

Aaron era il più agitato. Nella sua stanza si chiedeva, *cosa indosserò, la kippah la metto? Sì la devo mettere*, e con decisione l'aveva tolta dalla valigia. Aveva preso il violino di Giuditta, glielo aveva dato Rosetta dicendogli: "Prendilo, Giuditta la mia signora, sarebbe contenta".

Si domandava anche, *cosa potrò suonare in sinagoga?*

Accarezzava il violino, provava il suono, accordava.

Infine aveva raggiunto gli amici in giardino, ma non era di buon umore. Era rimasto in silenzio.

La notte per Aaron era stata lunghissima, tormentata.

Era commosso, sconvolto come la prima volta che era venuto a conoscenza dell'immane tragedia. Risentiva i nonni parlare con gli amici. Rivedeva adulti con occhi lucidi ricordare i loro assenti. Ricordava le preghiere in sinagoga, i suoi genitori che parlavano della famiglia di Giuditta, i cugini veneziani per sempre persi.
Giuditta non l'aveva mai incontrata ma la *conosceva* bene.
Le immagini che avevano sconvolto il mondo gli apparivano nella loro atrocità.

15

Rosetta si era molto rigirata nel letto. La *sua signora* le era tornata. Era così presente! La sua voce, le sue parole, i sorrisi. C'erano anche Giorgio e Peggy.
Finalmente il mattino era arrivato e Rosetta, con molto anticipo, si era preparata. Aveva indossato il suo vestito più bello, poi aveva preso dall'armadio la borsa verde.
"Ti piace questa borsa? Lo so è di un colore un po' insolito… è stato il primo regalo di Giorgio. Eravamo a New York e io davanti a una vetrina avevo esclamato: *Che bella quella borsa!* Giorgio non aveva esitato un attimo, era entrato e subito l'aveva comprata. Prendi Rosetta è tua, te la regalo volentieri" le aveva detto Giuditta mentre la toglieva dalla scatola.
Rosetta non l'aveva mai usata, troppo eccentrica, ma sentiva di dover andare al ghetto con quella borsa.
Le sembrava di fare piacere alla *sua signora*.
Al mattino si erano ritrovati tutti nel giardino per poi raggiungere il ghetto. Superato il *sottopòrtego* si erano diretti alla casa del rabbino, che li stava aspettando.
"Shalom, ben arrivati, accomodatevi" aveva detto con un leggero cenno del capo, accogliendoli nel suo studio.
Dopo i consueti convenevoli si era rivolto ad Aaron.
"Ho per lei una cosa che penso le farà piacere portare a New York, per poterla mostrare ai suoi parenti e amici."
Erano tutti curiosi di vedere cosa c'era dentro al pacco che Aaron, un po'stupito, stava aprendo con emozione.
"È un vecchio libro che racconta la storia di questo ghetto, uno dei più antichi. Ci sono anche riproduzioni di stampe con immagini di vita ebraica. Naturalmente è scritto in ebraico" aveva sottolineato il Rabbino.
"Bellissimo! Non è un problema se è scritto in ebraico" aveva detto con gratitudine Aaron.

Poi il rabbino aveva srotolato una pergamena scritta a mano e con evidente turbamento aveva aggiunto: "Questo è l'elenco degli ebrei veneziani deportati. Come vedete è lungo… troppo lungo" aveva sottolineato "e questo è quello dei salvati… Come potete notare, troppo breve…".
Aaron aveva scorso il lungo elenco e aveva trovato senza difficoltà i nomi dei membri della sua famiglia.
Era commosso e non era riuscito a nasconderlo.
"È un dono prezioso. La ringrazio anche a nome dei miei familiari e degli amici della comunità."
Erano tutti coinvolti, partecipi e il rabbino aveva rotto il silenzio dicendo: "Ora andiamo in Sinagoga".
"La comunità ebraica è stata importante per Venezia sia economicamente che culturalmente," aveva specificato il rabbino "non a caso c'è l'isola della Giudecca. Visiteremo la sinagoga Sefardita, perché, caro Aaron, come tu sai, le origini dei tuoi padri sono sefardite."
Il gruppo aveva osservato con attenzione i rotoli della *Torah*, gli oggetti sacri e preziosi, il *menorah*, l'arredo e il soffitto.
La visita era finita e Aaron aveva chiesto di suonare.
Estratto il violino di Giuditta aveva suonato a occhi chiusi un brano della tradizione yiddish. Era un pezzo toccante. Tutti avevano ascoltato con partecipazione, in silenzio. Bèrto e Rosetta pensavano a Giuditta e non erano riusciti a trattenere le lacrime.
Dopo un caloroso grazie, il rabbino disse: "Shalom, prima della vostra partenza spero ci vedremo di nuovo. Shalom".
Il gruppetto prima di uscire dal ghetto si era fermato in un tipico ristorante e aveva mangiato *kasher.*
Gli altri erano rientrati.
Carlo aveva chiesto a Katy se le andava di fare un giro al Lido.
Lei rispose di sì.
Il pomeriggio era caldo e Carlo e Katy avevano camminato sul bagnasciuga a piedi nudi.
Carlo, quasi senza rendersene conto, aveva messo una mano

sulla spalla di Katy e lei non si era ritratta.

Lui avvertiva una piacevole sensazione. Era tranquillo.

Camminare al suo fianco gli riusciva davvero naturale.

Si erano lasciati davanti alla porta nascosta dal fitto fogliame, quella che dava direttamente nel giardino.

Carlo, prima di proseguire nella corte, si era fermato e le aveva dato un innocente bacio. Lei mostrava di averlo gradito e gli aveva detto: "In questi giorni sono molto impegnata… Non so quando potremo vederci".

Tom aveva pensato di accompagnare i giovani alla fornace, dove lavorava Carlo e a Cà Rezzonico.

"Cà Rezzonico è la residenza di una delle famiglie più prestigiose della Serenissima e abbiamo la fortuna di poterla ammirare nella sua integrità" aveva motivato Tom.

I giovani si erano mostrati interessati alla proposta.

"Vedere un palazzo veneziano completo del suo arredo è un'occasione da non perdere" aveva esclamato Mike, dopo aver capito di cosa si trattava.

Tom stava preparandosi per presentare il palazzo, le sue caratteristiche, i suoi tesori e…

… una sera Carlo aveva fatto ai tre amici un invito.

"Uno di questi giorni vorrei accompagnarvi alla bottega-laboratorio del mio amico Polo. È un posto interessante, sono sicuro vi piacerà. Polo è una persona originale, di poche parole, disponibile e anche lui vuole conoscervi."

I giovani avevano accettato e un pomeriggio, insieme a Carlo, erano andati alla bottega-laboratorio.

Polo si era presentato dicendo: "Io sono un filosofo, ma amo collezionare oggetti, libri, stampe e restauro mobili e cose vecchie".

Mentre spiegava il suo lavoro apriva ante, cassetti, bauli e mostrava il loro contenuto.

Aveva poi sfogliato e illustrato libri e riviste.

Carlo aveva notato che i tre amici erano disorientati e non molto interessati al luogo e aveva pensato, *dopo quel che offre Venezia il loro distacco è comprensibile.*

Polo continuava a esibire con entusiasmo i gioielli del suo *scrigno*. Così lui considerava la sua bottega.

Poi Aaron, Mike e soprattutto Katy avevano iniziato a ispezionare con calma. Si erano divisi e ognuno si era soffermato sugli oggetti ritenuti i più interessanti.

Mentre guardavano e frugavano in ogni angolo, i loro visi avevano assunto un'espressione diversa. Ora manifestavano curiosità, interesse. Gli oggetti che avevano fra le mani li guardavano e riguardavano con scrupolosa attenzione.

Polo era sempre pronto a dare chiarimenti sull'uso, sulla provenienza e sui materiali di ogni cosa.

"Non sono mai stata in una bottega come questa… Davvero eccitante. Guardate cosa c'è in questo baule!" aveva poi esclamato Katy.

Incuriositi tutti le si erano avvicinati.

"È solo una dolly!" aveva detto Aaron con aria delusa.

"Sì, una dolly con la faccia di porcellana… Mi piace."

Katy aveva portato la bambola vicina al viso e con una mano le accarezzava i capelli. Le aveva alzato la bella gonna di velluto e guardato la sottoveste di pizzo. Per un momento era tornata bambina con la sua dolly avuta in regalo per i cinque anni. *Ero così felice!* Katy aveva stretto la bambola con l'avambraccio, come fanno le mamme con i loro piccoli e non l'aveva più lasciata.

"La tua bottega è un luogo meraviglioso, incantato!" aveva sussurrato a Polo con espressione gioiosa. "Questa la porto con me a New York… Sono così contenta!"

Aveva continuato a girare per la bottega curiosando e di tanto in tanto si fermava e osservava la sua bambola.

Dopo un po' il silenzio era stato rotto da Aaron.

"Guardate cosa c'è lassù! Guardate cosa ho trovato!"

Era davanti alla libreria e fissava in alto. Poi si era alzato in punta di piedi e aveva preso un vecchio mandolino seminascosto da una piccola fisarmonica.

Anche Carlo si era avvicinato.

Polo aveva precisato: "Ho appena finito di restaurarlo… L'intarsio di madreperla era un disastro. Ti piace?".

"È molto bello. L'intarsio è davvero elegante, sei stato bravo. Sì, mi piace… Accordarlo non sarà un problema."

Aaron aveva il mandolino fra le mani, lo guardava e pensava, *mi ricordo mio nonno… quando andavo a trovarlo, lui suonava sempre il mandolino per me… mi divertivo tanto… diceva che era il regalo di un amico italiano.*

"Polo, hai degli oggetti straordinari, non sono mai stato in un posto come questo" e stupito volgeva lo sguardo in ogni direzione; come Pinocchio nel *Paese dei Balocchi*.

"Vorrei regalarlo a mio padre, sono sicuro che sarà contento, quello del nonno lo ha preso mia zia Ruth."

Anche Aaron non aveva più lasciato il *suo* mandolino.

Mike non aveva ancora trovato nulla, girava, osservava. *Non so cosa scegliere… sono emozionato come quando da bambino entravo in un Magazine… è un posto affascinante.*

Si era soffermato a sfogliare libri e a guardare stampe.

"Guardate cosa ho trovato! È davvero molto bello!"

Teneva fra le mani un album con immagini a colori.

"È una raccolta di acquerelli di una pittrice olandese che ha vissuto qui per un lungo periodo. È una rara edizione di inizio secolo. Bravo Mike, hai avuto buon fiuto!" gli aveva detto Polo con entusiasmo.

"Queste immagini sanno trasmettere la vera atmosfera che si respira. Venezia fa sognare…" aveva specificato Mike.

Mentre lo sfogliava pensava alle parole di sua madre, *sono felice tu vada a Venezia, la città più bella del mondo… Dicono sia indescrivibile l'atmosfera che vi si respira.*

Mike, deciso, aveva esclamato: "Questo è il regalo giusto per far comprendere a mia madre l'*atmosfera* di Venezia."

Aveva preso l'album e lo aveva stretto al petto, come fa un bambino quando non vuol cedere il nuovo giocattolo, neppure al suo più caro amico.

I tre giovani americani tenevano stretti gli oggetti che avevano scovato, godendo l'irripetibile emozione che si prova nel momento di un'importante e insperata scoperta.

16

Polo aveva accettato di andare a Ca' Rezzonico.

"Vengo anch'io perché sono certo che Tom ci dirà cose e ci farà notare particolari che noi non conosciamo."

Tom aveva iniziato la visita della spettacolare Ca' dalla luminosa sala delle feste. Di sala in sala il gruppo, seguendo la guida, aveva visitato tutti i piani. Tutti avevano ammirato arredi, lampadari, dipinti e porcellane.

"È tutto così perfetto… Non mi stupirei se sbucassero all'improvviso i padroni di casa, con i loro abiti di sete e velluti" aveva ironizzato Katy.

I pochi commenti in inglese di Mike erano tradotti dalle espressioni di meraviglia del suo viso, mentre Aaron, attento, si aggirava con le mani dietro alla schiena.

I Pulcinella sull'altalena, dell'ultima sala, avevano colto di sorpresa tutti.

All'uscita, Polo aveva elogiato Tom: "Sono stato altre volte, ma questa è stata la visita più interessante che io abbia fatto".

Tutti si erano complimentati e Tom, quasi commosso, ripeteva: "Grazie, grazie… È stato un piacere".

Mentre camminavano per raggiungere la fermata del vaporetto, il gruppetto commentava i particolari visti.

"Quei Pulcinella sono veramente fantastici, non sembrava di essere in una stanza, ma in un rigoglioso giardino" aveva affermato Katy, prendendo sotto braccio Carlo.

Carlo aveva provato piacere. Desideroso di far vivere a Katy un'esperienza insolita, in modo da renderla entusiasta non solo del soggiorno veneziano, ma anche delle sue attenzioni, pensava di dover escogitare qualcosa.

Dopo tanto pensare gli era balenata un'idea.

"Sentite, ho una proposta" aveva detto all'improvviso agli amici.

Tutti si erano fermati per ascoltarlo.

"Se organizzassimo per i nostri amici una festa in maschera, come quelle che un tempo i veneziani tenevano nei loro palazzi?"

Tom, con occhi illuminati, aveva con rapidità risposto: "È un'idea geniale! Il giardino sarebbe il luogo adatto… Già immagino… Solo così i nostri amici capirebbero lo sfarzo, il fascino e la magia di quel tempo".

Katy sgranava gli occhi e spiegava a Mike la proposta.

Dopo aver pensato, *vorrei ci fosse Fiamma*, Carlo aveva sottolineato: "Bellissimo, ma dobbiamo trovare i costumi".

"Questo non è un problema, ci penso io e inviterò anche i miei amici *filosofi*" aveva risposto Polo.

L'idea della festa in maschera era piaciuta a tutti.

Tutti erano entusiasti. Travestirsi… divertirsi…

"Polo verrò a trovarti e ti dirò cosa vorrò indossare" aveva puntualizzato Katy.

Non ho mai visto Polo così coinvolto, rifletteva Carlo, *chi l'avrebbe mai detto! Cosa indosserà Katy?*

A Polo era occorso un po' di tempo per contattare le persone e trovare abiti e maschere per tutti.

Tom pensava, *Milano può aspettare ancora un po'*.

Rosetta era preoccupata.

Ghè mancava la festa, povera mì.

Ma l'idea l'attraeva: *una festa non zhè il Carnevàl è un'altra cosa… e mì vestita da Colombina… vedremo ben.*

"*Sanstàestàe, avrèmo màsa da lavòrar*" diceva Bèrto a Rosetta, ma pensava, *non vedo l'ora, mì vestito da Arlechìn e Rosèta chi sarà?… Proprio non vedo l'ora.*

Polo, solo lui, il regista di quella serata, sapeva cosa avrebbero indossato gli invitati.

Lui sarebbe stato Pulcinella.

Tutti, gelosi del loro segreto, erano muti come pesci.

Tom poteva essere solamente il Siòr Paròn e Carlo un perfetto

Casanova. Se l'avesse saputo Tom non avrebbe esitato a iro-
nizzare: *dovresti tingerti un po'il viso di nero, dovresti essere
Otello.*
Katy aveva voluto essere Caterina Cornaro.
Era stata ad Asolo ed era rimasta colpita dalla storia di quella
donna. Una storia avventurosa, coinvolgente.
Aaron e Mike avevano invitato due amici della scuola di mu-
sica. Uno avrebbe portato una tastiera e l'altro il clarinetto.
Indossando costumi settecenteschi e lunghe parrucche, avreb-
bero formato un quartetto del barocco-veneziano.
In attesa della festa, Carlo faceva il possibile per incontrare
Katy. Anche lei stava volentieri con lui.
A volte gli parlava di New York e del suo lavoro.
"Spesso sono in giro per il mondo… Vivo in modo molto di-
verso… Qui a Venezia posso disporre di più tempo… Ho
meno fretta, i percorsi, oltre a essere belli, sono sempre
brevi… Posso parlare con le persone…"
Mentre diceva questo gli aveva preso una mano.
"Non sono mai stato a New York, non so se potrei vivere in
una metropoli… Amo molto Venezia e la mia fornace."

Il giorno della festa era arrivato.
Il sole era tramontato, ma c'era ancora un po' di luce.
In cielo le poche strisce rosate, pennellate indefinite legger-
mente curve, fra poco non si sarebbero più viste.
Carlo, Tom, Bèrto e Rosetta si erano travestiti nel palazzo.
Gli altri ospiti, partiti dalla bottega di Polo, vi erano arrivati
alla spicciolata. Camminavano quasi inosservati perché a Ve-
nezia nessuno si stupisce se incontra per le calli persone ma-
scherate anche quando non è carnevale.
Il palazzo aveva tutte le luci accese.
Bèrto, sotto l'occhio vigile di Tom, aveva trasformato il giardino. Era molto bello e sembrava più grande.

Tanti fiori e ben sistemati. Luci tenue disegnavano più percorsi e come *guide* portavano gli ospiti alla casetta che era diventata un bar-selfservice.

Rosetta-Colombina era una bellissima cameriera.

Al portone Tom, il *Siòr Paròn,* accoglieva gli invitati e con modi gentili li accompagnava al giardino.

Arlecchino era indaffarato e accorto a non lasciarsi sfuggire un *Sanstàestàe.* Non voleva farsi riconoscere.

Gli invitati si aggiravano curiosi e con ammirazione ripetevano: "Un giardino così bello nel cuore di Venezia!".

A Carlo-Casanova non sfuggivano le dame attraenti che arrivavano, ma aspettava con una certa ansia Katy.

Come sarà? Che costume avrà scelto? si chiedeva. A un tratto il suo sguardo era stato catturato da una *dama.*

Il suo cuore aveva iniziato a battere forte. Era confuso.

Fiamma? Non è possibile! Eppure... Sembra proprio lei!

Si sentiva risucchiato in un vortice. Un forte disagio.

La *dama,* girandosi, aveva detto: "Che bel giardino... Che bella serata, sono davvero contenta di essere qui!".

Carlo, deluso, aveva pensato: *non è la sua voce... Non è Fiamma*; e per un po' era rimasto confuso.

Poi si era ripreso ed era tornato alla festa.

Quando arriva Katy?

I musicisti avevano lasciato i loro strumenti in un piccolo spazio circondato da sedie, dove avrebbero suonato. Sfioravano compiaciuti le loro lunghe parrucche.

Erano euforici. Si sentivano protagonisti di un mondo che non conoscevano. Per loro era un'esperienza tanto gradita quanto inaspettata.

Si era fatto buio. Il cielo stellato era senza luna.

Tom, il *Siòr Paròn,* chiuso il portone aveva esclamato...

17

"Ora ci siamo tutti! La festa può avere inizio."
Pulcinella aveva catturato l'attenzione di tutti con un balzo e un inchino.
Aveva composto brevi *sonetti* per rendere la festa più coinvolgente e aveva così esordito:

> *Son venuto da lontano*
> *e chi son voi non sapete,*
> *la mia maschera nasconde*
> *ciò che io mostrar non vo'.*
> *Sembro allegro e spiritoso,*
> *anche se il mio cuor non è.*
> *Questa sera, qui alla festa,*
> *voglio amici presentare*
> *e poi ridere e ballare.*
> *E che la festa sia bella*
> *anche per il Pulcinella!*

Tutti, sorpresi, istintivamente avevano applaudito.
Pulcinella aveva ringraziato con un profondo inchino. Poi, rivolto alla coppia più elegante, Doge e Dogaressa, l'aveva invitata con un breve cenno dicendo con sussiego:

> *Son arrivati i gran signori*
> *di Venezia, Serenissima.*
> *Tutto splende, tutto è oro*
> *e lòr vàn sul Bucintoro.*
> *Davanti a lor s'inchinan tutti!*
> *E anche noi, qui presenti,*
> *li ossequiamo riverenti!*

Gli invitati avevano capito e con entusiasmo aspettavano il loro turno per essere presentati ufficialmente.

Questa inaspettata trovata di Polo aveva aumentato l'eccitazione delle maschere. Tutti controllavano i loro costumi e cercavano di mostrarsi nel modo migliore.

Ora Pulcinella aveva rivolto l'invito a un giovane e alla sua dama velata.

> *Tutto il mondo ha conosciuto*
> *il mercante Marco Polo.*
> *Ricevuto dal Gran Can,*
> *poi per anni, una decina,*
> *è rimasto nella Cina.*
> *Visto ha cose strabilianti,*
> *gente ricca e mendicanti,*
> *belle donne, anche velate*
> *e mai più dimenticate!*
> *Sin la Persia attraversò,*
> *ma a Venezia lui tornò!*

Tutti erano allegri e si chiedevano, *chi sarà il prossimo?*
Pulcinella faceva inchini e poi aveva invitato la Maga.
Lei era agitata, contenta e teneva strette le carte.

> *Chi non vuol sapere*
> *cosa sarà domani?*
> *Chi conoscer non vuòl*
> *se ancor avrà l'amòr?*
> *Solo lei, la nostra Maga,*
> *del futur vi parlerà*
> *e il mister vi svelerà.*
> *Ess'è bella e ci dirà*
> *ciò che a noi piacer ci fa.*
> *Mescolar, legger le carte,*

ecco è questa la sua arte!

Dopo applausi calorosi tutti erano in attesa delle rime di Pulcinella.
Chi avrebbe mai immaginato che Polo è anche poeta? aveva pensato Carlo.

Sanstàestàe chi sarà il prossimo? si domandava Bèrto.
Pulcinella, avvicinandosi a Colombina, aveva così recitato:

> *Non può esser Ca' perfetta*
> *se non ha la sua servetta!*
> *Qui troviamo Colombina,*
> *bella, giovane, carina.*
> *Con moine e con parole*
> *al suo burbero paròne*
> *gli comanda ciò che vuole.*
> *Sempre intorno a lei troviamo*
> *uno scaltro servitore.*
> *Salta, ruba, scappa…*
> *è davvero malandrino,*
> *il suo amico Arlecchino!*
> *Corre, imbroglia, ma si sa*
> *ai suoi piedi lui cadrà!*

Bèrto aveva dato il braccio a Rosetta. Emozionati come due bambini, non avevano mai avuto l'onore di essere presentati in modo così solenne.
Rossi in viso si guardavano e a stento riuscivano a sorridere.
Un altro inchino e Pulcinella si era avvicinato a Carlo.

> *Chi non sa chi è Casanova?*
> *Lui le donne tutte amava*

e poi tutte lui lasciava.
Giacomo, Giacomo, lei piangeva...
... ma in un attimo lui la scordava.
Letterato, alchimista,
fu davvero un grande artista!
Ma Venezia lo punì,
poi dai Piombi lui fuggì
e in esilio infin morì!

Carlo aveva sorriso, si era inchinato, ma quelle parole gli avevano fatto provare un po' di amarezza.
Pulcinella aveva fatto tre inchini all'elegante dama e molti si chiedevano chi fosse.

Ecco, arriva Caterina,
che di Cipro fu regina.
Ha amato il suo regno,
la cultura e l'ingegno.
La sfortuna l'ha inseguita,
ma gran dama si mostrò
e i nemici perdonò.
Ad Asolo gran corte creava
e tutto il mondo l'ammirava.
Ammirata sempre fu
non bellezza, ma sua virtù!

Pulcinella aveva poi invitato le altre maschere.

Non potevano mancar
gondolièr e marinàr!
Sono allegri, sono forti,
agli scherzi sempre pronti.
Se non vuoi guai incontrare,
Fosca, Sofia e anche Lucia

non devi toccare!
Tutte le donne lor vogliono amar,
ma delle loro non puoi tu parlar!

La festa inizio ha
e ognun trovi sua metà!
Se qualcun amor troverà
il suo cuor rallegrerà.

Tutte le maschere erano state presentate.
Nel giardino regnava un'elettrizzante atmosfera di gioia.

Carlo era andato incontro a Katy e le aveva baciato la mano come solo Casanova avrebbe potuto fare.
"Mia Signora, siete bellissima" le aveva detto. "Se Caterina vi vedesse, schiatterebbe d'invidia."
"Sì, lo ammetto, non era molto bella, ma che donna! Colta, dignitosa e rispettata, nonostante tutto" aveva risposto Katy.
La maschera aveva nascosto il suo rossore.
Poi, ironizzando: "Le feste sono la vostra casa, vero Casanova? Chissà quale avventura sperate in questa sera!".
"Qualsiasi cosa succederà sono certo mi riempirà di gioia" aveva detto Carlo-Casanova, baciandole di nuovo la mano e fissandola attraverso la maschera.
La Dogaressa era stata subito attratta da Casanova e non sapeva quale strategia usare per stargli vicino.
Purtroppo per lei, Casanova era solo per Caterina.
Prima del concerto tutti erano andati al buffet. I drink erano offerti da Bèpi che non aveva potuto partecipare.
Colombina era molto bella! L'abito scollato aveva messo in risalto il suo perfetto decolté. Arlecchino l'aveva subito notato.
Sanstàestàe, aveva pensato, *quanta grazia di Dio*; e voleva aiutarla.

Ogni pretesto era buono per sfiorarle almeno una mano.

Sanstàestàe me piàse ànca èl suo profùmo.

Colombina aveva guardato Arlecchino.

All'inizio aveva riso, ma poi aveva notato e apprezzato le sue piccole attenzioni.

Mè piàse che Bèrto mè aiùti. El xè gentìle… Mì non pensàvi. Non ho mai avuto nissùno nella mia vita. Non ho mànco conossùto mia madre e mio padre, pensava Rosetta.

Se Arlecchino le sfiorava una mano, Colombina provava un'insolita emozione. Un'emozione a lei sconosciuta.

Sanstàestàe non so cosa me prènde… Mè piàse stàrle vicìno, mè vièn voglia de dàrle un basèto, sospirava lui.

Polo era attratto dalla Maga. La osservava attento.

L'aveva già vista alla scuola di filosofia, ma il vestito eccentrico, la bocca rossa e l'agilità delle sue mani nel mescolare le carte, lo eccitavano.

Non pensavo di provare all'improvviso il desiderio per una sconosciuta… Cercherò di conoscerla meglio.

La maga, con fare serio, mescolava e leggeva carte e tarocchi.

Sorrideva e faceva pronostici a tutti, ma non perdeva mai di vista Pulcinella.

18

"*Voglio vedere come finirà questa partita*" aveva pensato, mentre sorrideva maliziosamente all'inchino di Polo.

I musicisti con i loro strumenti erano pronti.

Gli ospiti, a coppie, con espressioni serafiche, si erano accomodati per godere la musica.

Colombina e Arlecchino, invece, erano rimasti sulla soglia della casetta e si erano concessi un breve relax.

Il quartetto aveva eseguito brani di Mozart, Vivaldi e di altri celebri autori.

Gli invitati avevano ascoltato, apprezzato e applaudito.

Alla fine del concerto Aaron, molto emozionato, aveva preso la parola: "L'ultimo brano, *New York, New York*, lo dedichiamo a Giuditta e alla città che l'ha ospitata".

Katy si era alzata e ne aveva intonato una strofa.

Aveva una bella voce e la sua figura emergeva per eleganza e fascino.

Carlo, attento e pieno di ammirazione, l'ascoltava.

Bèrto e Rosetta, commossi, si erano abbracciati. Lui non aveva saputo resistere e le aveva dato un lieve bacio.

Poi il repertorio era cambiato e le musiche moderne avevano invitato le coppie a ballare.

L'odalisca si era tolta il velo e abbracciava il Sultano.

La Maga che non vedeva l'ora di stringersi a Polo, non si era lasciata sfuggire l'occasione e così Carlo e Katy.

Rosetta non aveva mai ballato. Per un po' Bèrto l'aveva cullata con gli occhi chiusi. Così facevano suo padre e sua madre alla festa del patrono in campo San Stàe.

Tom guardava le giovani coppie.

Una dolce nostalgia lo aveva portato a Lisetta.

Tuttavia era sereno. Godeva la felicità di quella sera.

Ora posso tornare a Milano. Venezia mi ha regalato una se-

rata indimenticabile. Mi sento amato da persone che si amano. Cosa potrei desiderare di più?

Si era alzato e si era avviato alla casetta per un sorso d'acqua. Dentro, un po' in penombra, c'erano Rosetta e Bèrto che abbracciati si stavano baciando.

"*Sanstàestàe me piasi*" diceva Bèrto sottovoce.

"*Anca tì*" rispondeva Rosetta e gli faceva una carezza.

Tom si era allontanato con discrezione, appoggiato al suo bastone, pensando: *ah! Beata gioventù... Innamorarsi...*

E sorrideva, accarezzandosi i baffi.

La festa era ormai finita.

Il primo ad andarsene era stato Polo. Doveva andare alla bottega per ritirare i costumi.

La Maga lo aveva preso sottobraccio, con occhi socchiusi gli aveva detto: "Ti insegnerò a leggere i tarocchi".

E sorrideva soddisfatta.

L'avevano seguito Marco Polo, il Sultano, le loro dame, i marinai e le loro compagne.

Il Doge aveva di fianco la Dogaressa. Lei gli si era appoggiata con sussiego, ma più di una volta si era girata sperando di vedere Casanova.

I musicisti erano usciti con Tom. Dopo averlo salutato, avevano concluso la serata in campo Santa Margherita.

Carlo e Katy si erano salutati davanti alla piccola porta che dava sulla corte e si erano baciati.

"Mia cara, domani sera sarai mia ospite" le aveva detto baciandola di nuovo.

Bèrto e Rosetta non si decidevano ad andarsene.

"*Ti compàgno, Sanstàestàe, non vorèi mai lasàrte.*"

"*Andèmo, è tardi... Domàn dovèmo mètter tutto in ordine*" aveva detto Rosetta.

In realtà sarebbe rimasta ancora volentieri.

Si erano avviati per San Simeone, alla casa di Rosetta.

Lui la teneva stretta a braccetto, la guardava e… *"Sanstàestàe non avevo mai visto come ti sé bèla… Ghè volèa el vestito de Colombina per vederti come ti sé…"* e le aveva dato un leggero bacio.

Si era fermato a guardarla, come non aveva mai fatto.

Rosetta parlava sottovoce, come se qualcuno potesse carpirle un segreto, rubarle la felicità di quella sera.

"Son contènta, mì pensàvi che non avrei mai avùto uno che me volesse veramènte bèn… Invece proprio stasèra…" e si lasciava coccolare.

Aveva appoggiato la testa alla spalla di Bèrto.

Non aveva mai provato tanta serenità.

Non si era mai sentita tanto leggera.

La sua infanzia alle *Zitelle*…

… Il desiderio di avere i genitori come gli altri bambini, di avere una casa, di poter uscire come tutte le altre ragazzine…

Quanta solitudine. Quante lacrime.

Ora sembrava non facessero parte della sua vita.

Era stato un brutto sogno.

Ma lei ora si era svegliata e accanto c'era Bèrto.

Non aveva più paura. Non era più sola. Ora c'era Bèrto.

"… Che bella festa, vero Bèrto? Che bella seràta, vero?…"

Bèrto era stato felice in San Stàe, ma ora c'era Rosetta.

"…Che bella seràta… gràsie ai Mèricani…" e la stringeva.

Lentamente erano arrivati alla casa di Rosetta.

"… Guarda, c'è la luna, Sanstàèstàe…" e si erano baciati.

Alla bottega erano rimasti solo Polo e la Maga.

Lei aveva indugiato, si era offerta di aiutarlo per i costumi.

Era figlia di un pescatore di Malamocco e sapeva che oltre l'esca bisogna aspettare… E dare filo… Se occorre tutto il mulinello… E aspettare il momento giusto. Solo allora puoi dare lo strappo! Altrimenti…

Polo aveva accettato le lezioni di tarocco. Aveva finto interesse, in realtà gli piaceva l'idea di incontrarla.

I costumi erano sistemati. Polo aveva spento le luci e Silvia, questo era il suo nome, ora indossava un abito verde e calzava due sandali col tacco altissimo.

I capelli rosso Tiziano, lunghi e ricci, erano sciolti. Polo non era rimasto insensibile a tanta seduzione ed era stato tentato di baciarla. Si era trattenuto.

Mostrando i tarocchi lei gli aveva detto: "Ci vediamo domani sera".

Carlo a letto non riusciva a dormire.

Pensieri e domande si rincorrevano, come cavalli imbizzarriti ai quali non riusciva a mettere la briglia.

Katy? Cosa significa veramente? Sarà l'altra metà?

Certo gli piaceva. Con lei stava bene. Era sempre preso dal desiderio di vederla, di stare con lei.

La domanda: *E poi? Come finirà?*, lui la accantonava.

Chi lo sa? Sarà quel che sarà!, si rispondeva in modo un po' fatalista.

E Fiamma? Questa domanda di tanto in tanto riaffiorava.

Quella sera, nonostante tutto fosse stato perfetto, gioioso, la domanda si era presentata in modo più acuto.

Fiamma dove sarà?

La figura di Fiamma, il ricordo di lei quella sera, erano più vivi e più nitidi del solito.

Per superare l'inquietudine aveva rivolto i suoi pensieri a Katy e alla sera che li attendeva.

Sarà una serata indimenticabile, ne sono convinto.

L'entusiasmo lentamente era subentrato al suo malessere, alle sue incertezze.

Finalmente il sonno era arrivato.

Era quasi l'alba.

19

Rosetta aveva chiuso la porta.

Prima di coricarsi si era aggirata per la casa.

Si sentiva strana, incredula. Era felice.

"Chi avrebbe mai pensato! Mì e Bèrto! Non so cosà fàr, come devo comportàrme... Le mònache mi hanno insegnato tante cose, so tenere una casa... ma vivere con un homo? ... Me piàseria aver dei putìni... ma stò corendo tròpo. Rosèta càlmate, vai a lèto... si vado a lèto, ghe penserò".

Dopo tanto pensare aveva deciso di coricarsi.

Non riusciva a dormire. Pensava sempre a Bèrto, ad Arlecchino, a Colombina... Alla festa.

Era eccitata. Si era alzata. Era andata a bere.

"Tùte quelle robe salàde, mì non sòn abituàda" rimuginava, girandosi per l'ennesima volta.

"Vergine Santissima gràsie, son tròpo contènta" aveva pensato con gratitudine e si era finalmente addormentata.

Bèrto aveva lasciato Rosetta e pigramente si era avviato sulla strada di casa. Le mani in tasca e, cosa che non faceva da tanto tempo, aveva iniziato a fischiettare. Si sentiva come quando tornava a casa dopo essere stato a giocare a bocce con gli amici. Provava lo stesso piacere di quando lui e Gigi vincevano venti partite su trenta.

"Alòra ero un ragasèto, ora sòn un homo... Ma sòn contento come alòra... Me pare di esser tornato un ragàseto".

Si era fermato sul ponte, proprio davanti ai *Fràri*.

Il portone era chiuso e nel campo non c'era nessuno.

Aveva bisbigliato: *"Gloriosa Vergine, non te vèdo, ma Tè me conòsi. Te guardo tùti i giorni quando pàsso. Ti sé così bèla! Te ringràsio per avèrme dàto Rosetta... Te portèremo un cero".*

Per rispetto non aveva pronunciato il suo intercalare.

Era arrivato a casa. Era notte profonda.

Si era alzato presto, aveva lavorato tutto il giorno, ma non aveva voglia di andare a letto.

Voleva ancora pensare a quello che gli era successo quella sera.

"Sanstàestàe... Da tanto tempo conòsso Rosetta, ma non avevi mai pensàto me potèsse sucèder questa còsa..."

Era andato a letto. Un campanile aveva dato due rintocchi.

"Domani vàgo a San Stàe. Vàgo a impissàr un cero come fasèa sèmpre mio nonno... Lui sària contento se savèsse che ànca mì gò trovato una mugèr".

Aveva spento la luce e contento si era addormentato.

Il mattino era arrivato.

È domenica e posso restare ancora a letto. Stasera Katy verrà a cena e voglio prepararle qualcosa di speciale. Le farò scegliere fra i miei dischi la musica che preferisce; poi spero mi parli della sua vita.

Carlo, con gli occhi aperti, programmava la serata in ogni minimo dettaglio. Non voleva trovarsi in difficoltà.

Si era alzato di buon umore, aveva messo sul piatto un Mozart vivace e si era preparato con calma.

Era andato alla finestra a controllare i fiori sui davanzali.

Aveva guardato e il palazzo e il giardino.

Le imposte delle finestre erano tutte chiuse.

Evidentemente sono ancora tutti a letto.

Nel giardino le sedie erano sparse e la casetta chiusa.

Bèrto e Rosetta non ci sono, non sono arrivati... In questi giorni hanno tanto lavorato... Staranno riposando.

Carlo era contento.

La mattina l'aveva trascorsa facendo compere e preparativi e nel primo dopo pranzo aveva telefonato a Katy.

"Perché non vederci prima di questa sera? Potremmo uscire.

Andare alla mostra al Corrèr?"
Katy aveva risposto: "Mi dispiace, mi aspetta una settimana intensa e devo programmare il lavoro".
Carlo era andato da Bèpi. Gli aveva riferito particolari della festa, ma aveva taciuto su Bèrto e Rosetta.
Era agitato. Il tempo era fermo. Desiderava vedere Katy. Era andato diverse volte alla finestra. Finalmente lei, attraversato il giardino, si era diretta alla sua porta.
Katy, dopo avergli regalato un libro sul *MET* di New York, aveva ammirato la tavola, il portacandele soffiato e molto apprezzato la cena.
Il *Concerto per flauto* di Corelli faceva da sottofondo.
Sul divano lui le accarezzava i capelli e la baciava.
Lei aveva corrisposto alle sue tenerezze, poi, lentamente, aveva iniziato a raccontargli la sua storia amorosa.
"Lui si chiamava Robert… Insieme da un piccolo paese del centro America siamo andati a New York, all'Università…"
Carlo l'ascoltava attento.
"… Un giorno lui ha avuto un incidente mentre si recava al lavoro e dopo pochi giorni è morto. È successo l'anno scorso. Da allora io cerco di lavorare lontano da New York… Sono sincera, è la prima volta che sto bene con un altro uomo… Ma penso mi occorra ancora del tempo…"

Katy aveva aggiunto altri particolari. Gli aveva poi parlato della sua famiglia. Delle amicizie. Del lavoro.
Carlo l'aveva interrotta solo per piccole precisazioni, ma continuava ad accarezzarla e a darle piccoli baci.
Aveva capito la sua sofferenza e ora provava per Katy una tenerezza indescrivibile.
Al desiderio era subentrato il bisogno di proteggerla.
Lei si era abbandonata al calore delle sue braccia, come un piccolo animale ferito.

Fra i due si era creata un'atmosfera affettuosa, serena.
Anche Carlo non aveva saputo frenare il bisogno di confidarsi e con facilità le aveva raccontato di Fiamma.
La serata era terminata in modo diverso da come Carlo l'aveva immaginata, ma il rapporto di vera amicizia che stava nascendo fra lui e Katy gli procurava piacere.
Avevano poi continuato a vedersi, a uscire insieme.
Poiché entrambi amavano l'arte, Carlo le aveva fatto scoprire veri tesori in luoghi particolari della città.
Carlo, un sabato pomeriggio, aveva portato i tre giovani americani alla fornace.
Erano strabiliati e dalla sua abilità e dalla magica potenza del fuoco. Non avevano parole per ringraziarlo dei piccoli oggetti che lui aveva soffiato per loro.
Nel frattempo Tom aveva organizzato il suo ritorno a Milano.
Bèrto e Rosetta avevano preparato una cena in giardino.
Era stato un momento conviviale, non privo di emozioni.
C'era anche Polo. Lui era stato il primo ad andarsene.
Mentre abbracciava Tom, si scusava: "Mi dispiace di dover andarmene così presto, ma ho un impegno".
A Carlo, che lo aveva accompagnato al portone, sottovoce aveva confidato: "Devo incontrare Silvia, la mia *Maga*".
Mentre sorrideva soddisfatto, aveva affrettato il passo.
Tom rincuorava Rosetta che non riusciva a trattenere le lacrime.
"Non commoviamoci troppo, vado solo a Milano… ci vedremo ancora e sarete tutti miei ospiti. Promesso!"
Si era poi rivolto a tutti, anche ai giovani americani.
"Questa amicizia non finisce qui, ci sentiremo spesso."
Lisciandosi i baffi con ironia e un po' di malizia, aveva continuato: "Sono certo che riceverò buone notizie… Per qualcuno la vita cambierà" e guardava Bèrto e Rosetta.
Carlo lo aveva accompagnato sino a casa: "Sono sicuro che anche tu avrai cose belle da raccontarmi… Sono convinto".

20

Era arrivato settembre.

Per i tre giovani il soggiorno veneziano era finito.

Era stata un'estate intensa, ricca di eventi e di emozioni.

Carlo, spesso, sentiva l'amico Tom. Gli mancavano la sua presenza, i suoi consigli e la sua raffinata arguzia.

Rosetta e Bèrto stavano programmando la loro unione.

Si ritrovavano sovente in giardino e a volte Carlo era loro ospite a cena nel palazzo.

Rosetta una sera aveva accolto Carlo con un caloroso abbraccio.

"Non so come dìrtelo, i mericàni hanno scrìto che mì e Bèrto potrèmo vivere qui."

"Quando sarèmo sposati, Sanstàestàe." aveva precisato Bèrto. *"Mì curerò il giardìn e Rosetta la casa, perché* hàn *da venìr degli altri mericàni… Degli altri stranieri."*

"Tùti parenti de la signora Giuditta… La mia signora."

Carlo per un attimo aveva pensato a Katy. La felice intesa dei due gli aveva fatto avvertire solitudine.

L'Autunno era stato piovoso, umido, e Carlo aveva diradato le uscite. Erano arrivate commesse importanti e il lavoro sino Natale lo aveva molto occupato.

Bèrto e Rosetta erano impegnati a preparare la casa e il matrimonio. Silvia, la maga, aveva legato stretto a sé Polo. Lui non aveva posto resistenza. Lei non aveva ancora dato lo strappo finale, ma era vicina a farlo.

Per Carlo era stato un Natale triste.

Gli era tornato il bisogno di sapere, di vedere Fiamma.

Saremmo andati come sempre alla Messa solenne in San Marco… vorrei fosse qui.

Quel desiderio lo aveva scosso. Era andato alla finestra. Il giardino spoglio e deserto.

Bèrto e Rosetta sono a San Stàe con gli amici.
Poi era stato preso dalla necessità di uscire.
Devo andare a Madonna dell'Orto.
Soffiava una leggera bora, il cielo era terso e la luce gelida, quasi abbagliate.
Per evitare i molti, turisti aveva scelto un percorso noto solo ai veneziani. Era emozionato. Tanti dubbi.
Sperava di incontrare il parroco.
Il ciondolo ci sarà?
Si era diretto alla grande statua.
Il ciondolo c'era e brillava alla luce dei tanti ceri.
Il parroco stava confessando e gli aveva fatto un cenno.
A Fiamma cosa sarà successo? pensava, prima di essere preso da una stringente sensazione di tristezza.
Mai come in quel momento, di fronte al ciondolo, aveva desiderato sapere cosa poteva essere accaduto a Fiamma.

Fiamma non aveva più voluto vedere e sentire Carlo.
Aveva deciso di andarsene e di raggiungere la cugina a Londra. Con la complicità dei suoi genitori, aveva preparato bagagli e documenti. Era sul vaporetto, stava andando a Santa Lucia per raggiungere l'aeroporto, quando la sua mano aveva toccato il ciondolo.
Fiamma era addolorata, a stento tratteneva le lacrime.
Toccare il regalo più prezioso avuto da Carlo le aveva procurato un moto di stizza. Non voleva più veder Carlo e nemmeno il ciondolo. Con un gesto rapido aveva slacciato la catenella e messo tutto nella borsa.
In aereo non aveva guardato fuori dall'oblò, non le interessava.
Il suo cuore era più grigio delle grandi nubi che all'orizzonte sovrastavano le bianche scogliere.
"Le scogliere di Dover!" aveva esclamato un ragazzino.

Fiamma per un attimo si era distratta e aveva guardato.
"Sono contenta tu sia venuta, ti farà bene. Conoscerai i miei amici e tante altre persone… Stare qui ti piacerà."
Così l'aveva accolta Matelda, sua cugina, abbracciandola.
Matelda aveva quarantatré anni, era alta, magra, con folti capelli neri e ricci, e un aspetto un po' mascolino. Era energica e sicura. Single per scelta, amava Mark, ma sosteneva: *voglio essere la sua donna, non sua moglie.*
Era capo contabile presso una clinica. Schietta, generosa amava i fiori, leggere gialli e dipingere all'aperto.
Fiamma aveva risposto con poche parole. Si era rifugiata nel vagone del treno per *Victoria Station* avvolta nella grande sciarpa e non aveva guardato il panorama.
In taxi, distratta, seguiva le indicazioni che Matelda, con dovizia di particolari, le dava di luoghi famosi.
"Ecco l'Albert Hall. Ora stiamo costeggiando Hyde Park… Ci sono tanti parchi, musei… Westminster-Abbey… Vedrai."
Fiamma guardava, ma era troppo chiusa nei suoi pensieri. La sua innata curiosità sembrava scomparsa.
"Avrai tanti posti e cose da vedere che farai fatica a scegliere. Londra ti interesserà, ne sono convinta."
Fiamma non riusciva ad ascoltarla con attenzione.
Era frastornata. Aveva lasciato i suoi… Carlo… Venezia….
La sua quotidianità era finita. Era stata presa dalla paura.
Riuscirò ad affrontare questa nuova vita?
"Siamo arrivate!" aveva esclamato Matelda, mentre apriva la porta dell'appartamento e le mostrava la sua stanza.
"La casa è piccola, ma staremo benissimo" ed era uscita.

Solo dopo aver disfatto i bagagli Fiamma si era accorta della scomparsa del ciondolo. Aveva cercato, era agitata.
Non riesco a trovarlo… Non ho fatto attenzione. Forse è caduto… Chissà chi lo avrà trovato? Spero gli porti fortuna…

Avevamo deciso di portarlo a Madonna dell'Orto, aveva pensato Fiamma con profonda tristezza.

Fiamma aveva sofferto molto. Era delusa e a volte il pianto aveva accompagnato i momenti di solitudine.

Grazie a Matelda aveva trovato un lavoro part-time in un bar poco distante.

"Anche il mio primo lavoro è stato servire in un bar… Quando conoscerai bene la lingua, troverai un impiego migliore" sosteneva sua cugina con tono rassicurante. "Ecco, siamo arrivate" e aperta la porta aveva salutato.

A Fiamma, piena di timori mentre varcava la soglia, pareva che le gambe fossero diventate di piombo. Nel bar, un posto pulito e luminoso per la grande vetrata, c'erano diversi clienti. Il suo inglese però non le era di aiuto, non riusciva a capire una sola parola.

"Lei è Fiamma" aveva affermato, rivolgendosi al gestore.

Le aveva raggiunte un giovane alto, magro, con la testa rapata e due occhialini da miope sul naso. Asciugate le mani in un canovaccio, aveva pronunciato in italiano: "Benvenuta, io sono Erik, il barman… Lavoreremo insieme". E, tornato dietro al banco; *"No problem… Let's go!"*.

Il sorriso e le parole di Erik avevano rincuorato Fiamma che, abbandonati i timori, l'aveva seguito.

Si era infilata un grembiule e attenta aveva iniziato il suo lavoro.

La prima mattina di lavoro era stata lunghissima, ma Erik non l'aveva mai abbandonata.

"Tutto Ok?" le chiedeva di tanto in tanto premuroso, cercando di aiutarla in ogni piccola difficoltà.

Fiamma, sorridendo, si limitava a ripetere: *"Thankes… Thank so much"*.

Il lavoro era terminato e Fiamma avvertiva una certa stanchezza.

Mentre salutava Erik pensava, *non credevo di trascorrere un mattino così sereno… Mi sento meglio.*

Durante la cena, Matelda aveva notato che Fiamma parlava volentieri, sorrideva e i suoi occhi erano meno cupi.

"Mi fa piacere sapere quello che ti è successo al bar… Mi sembra sia andato tutto bene… Sono molto contenta."

"Se non ci fosse Erik non so come potrei cavarmela… È sempre così gentile" aveva spiegato Fiamma.

Poi, esitante e un po' divertita, le aveva confidato: "Invece di Fiamma mi chiama *my shine*, mia luce".

Fiamma lavava, asciugava tazze e bicchieri. E ascoltava.

Non conoscendo la lingua, non era in grado di conversare. Poi, col tempo, era riuscita a sostenere brevi discorsi.

"Buongiorno, *my shine*" la salutava Erik, sorridendo ogni mattina quando lei si presentava al bar per il lavoro.

Quel saluto affettuoso disponeva Fiamma al buon umore.

Fiamma si era iscritta a un corso pomeridiano di lingua inglese. Alla scuola aveva avuto l'opportunità di incontrare persone di diversa età e provenienza, tutte desiderose di migliorare la loro condizione sociale. Aveva conosciuto tante storie di vita. Il lavoro e la scuola avevano dilatato i suoi orizzonti. Fiamma con impegno e l'aiuto di Matelda e Erik si stava lentamente inserendo nel mondo londinese.

Le giornate intense davano poco spazio alla sua mente per tornare a Venezia. Ma ogni sera l'ultimo pensiero era Carlo.

Dove sarà?… Ora chi frequenterà? si chiedeva.

A volte si domandava: *Starà soffrendo come soffro io?… Sì, certo, starà soffrendo.*

Certe sere, presa dal dubbio, pensava: *Lui si sarà consolato… Avrà trovato un'altra…*

Erik aveva intuito la delusione di Fiamma, ma da persona intelligente e sensibile non le aveva mai fatto domande.

"*My shine*, ho una sorpresa per te. Domenica vorrei accompagnarti in un luogo speciale... Ti piacerà" le aveva sussurrato un giorno con entusiasmo e aria intrigante.

Fiamma, curiosa, stava per domandare: *dove?*, ma lui l'aveva bloccata con un: *"No question*... Sarà una sorpresa."

La domenica mattina, Erik era ad aspettarla ad Hide Park. Dopo averla presa sottobraccio l'aveva fatta salire su una barca a remi, dove c'erano già dei suoi amici.

Erik aveva spiegato: "È questa la sorpresa, andremo in barca sulla *Serpentine*... Proprio come a Venezia! *My shine* ti piace? Sei contenta?".

Erik era euforico nel notare lo stupore sul viso di Fiamma. Lei, confusa, non sapeva come ringraziarlo.

Erik è sempre molto gentile... Premuroso. Sono fortunata ad avere un amico tanto caro, aveva pensato, mentre saliva titubante sulla piccola barca e salutava i giovani.

"Vedere il parco dalla barca non è solo bello, ma molto interessante. Quanti turisti!" aveva osservato Fiamma.

"E i londinesi se ne stanno comodi sulle sdraio a leggere o a prendere un po' di sole" le aveva fatto notare Erik.

21

Quanto tempo è passato dall'ultima volta che sono salita su una barca? si era chiesta Fiamma.

Era tornata a Venezia, alla gita in barca con Carlo, alla gioia di quei giorni ed era stata presa da forte nostalgia.

Erik aveva colto e capito.

Per distrarla aveva proposto: "Ora Fiamma ci parlerà di Venezia e delle sue barche".

Lei descriveva e la tristezza si allontanava.

Fiamma era a Londra da diverso tempo. Si esprimeva nella nuova lingua in modo sciolto e nel bar faceva la cassiera.

Finita la cena, lei e Matelda si concedevano un po' di relax sul divano. Conversavano, facevano considerazioni…

"Come hai trascorso la giornata?" le chiedeva Matelda.

Fiamma raccontava degli incontri e anche dei suoi timori.

A sua volta domandava: "E tu? Qualche novità?".

Una sera Matelda si era rivolta a Fiamma con insolito entusiasmo.

"Devo proporti un'occasione di lavoro. A dire il vero più di piacere che di lavoro vero e proprio."

Fiamma, attenta, le si era avvicinata e le aveva chiesto: "Di cosa si tratta? Dimmi, sono curiosa di sapere".

Matelda era felice per la notizia che stava per darle.

"La mia amica, la dottoressa Mary, mi ha chiesto se tu qualche pomeriggio saresti disposta a dare lezioni di italiano, a lei e a tutta la sua famiglia."

"Lezioni di italiano? Io? Ma io non sono in grado di farlo!" aveva esclamato Fiamma. "Io non sono un'insegnante, tu lo sai."

"Non si tratta di vere lezioni, ma di conversazioni, di letture in italiano. Mary e suo marito sono americani, però di origine italiana e non vogliono perdere il patrimonio della lingua familiare. Anzi, vogliono tramandarla ai loro figli" aveva precisato Matelda.

"Io penso che avrei grandi difficoltà" aveva replicato.

"Fossi in te ci proverei e se non ti trovi bene, smetti" aveva consigliato Matelda con decisione.

Fiamma aveva ascoltato pensierosa e per non deludere sua cugina le aveva risposto: "Ci penserò. Te lo prometto".

Fiamma da alcuni giorni stava riflettendo sulla proposta.

Un pomeriggio era con Erik da *Harrod's* per scegliere confezioni di tè e di confetture da esporre al bar.

"Erik, ho bisogno del tuo consiglio. Devo prendere una decisione e sono molto combattuta… Non so cosa fare."

"Dimmi, *my shine*" aveva risposto Erik, il quale saputo di cosa si trattava, convinto, aveva espresso la sua opinione.

"Devi accettare, questa è un'occasione che non puoi lasciarti sfuggire! Anzi. Ho una richiesta, vorrei far parte del gruppo dei tuoi scolari, perché amo l'Italia e conoscere la tua lingua per me è un onore… *My teacher*."

L'aveva abbracciata e le aveva stampato un bacio sulla guancia. Fiamma gli aveva sorriso con gratitudine.

L'incoraggiamento di Erik l'aveva convinta. Quella sera Matelda non si era ancora tolta la giacca che Fiamma le era andata incontro per informarla della sua scelta.

"Dopo aver a lungo meditato ho preso una decisione: sarò *l'insegnante* d'italiano di Mary e della sua famiglia."

"Beene! Sono contenta. Proprio oggi Mary mi ha domandato… Sperava tu accettassi. Domani le telefoneremo e ci metteremo d'accordo per incontrarci e parlarne."

"Oggi sono rimasta sorpresa dalla richiesta di Erik, vuole partecipare agli incontri!" aveva confidato Fiamma.

"Questo Erik… Non mi stupirei se qualche volta ti chiedesse di diventare la sua ragazza. Mi sembra ci tanga molto alla tua amicizia" aveva scherzato Matelda.

"Dei suoi sentimenti non so nulla… Non ne parla mai" aveva

riflettuto Fiamma seria e a voce bassa.

Il lunedì pomeriggio le due cugine erano a casa di Mary. Dopo i dovuti convenevoli Mary aveva mostrato loro la casa e la grande foto che teneva alla parete del salotto.
"Questo è David, mio marito e questa la nostra numerosa famiglia il giorno del nostro matrimonio. Come potete vedere, siamo a New York, precisamente a Brooklyn."
Poi Mary aveva indicato i suoi genitori e i suoceri, e Fiamma notava che molti uomini indossavano la *kippàh*.
Mary aveva spiegato: "Nelle nostre case si è sempre parlato italiano, perché abbiamo origini italiane. Certo un italiano un po' *strano* ed è per questo che vogliamo perfezionarlo. Desideriamo che anche i nostri figli non perdano questa ricchezza". Poi aveva aggiunto: "David, per lavoro, dovrà trasferirsi per un anno in Italia e noi abbiamo deciso di seguirlo".
Si erano salutate promettendosi di rincontrarsi giovedì pomeriggio.
In breve tempo le perplessità di Fiamma erano scomparse.
Mary era deliziosa come tutta la sua famiglia. Quelle *lezioni* di italiano del lunedì e giovedì pomeriggio erano piacevoli e le davano molte soddisfazioni.
Erik si aggregava al gruppo il lunedì e grazie alla sua fantasia gli incontri terminavano sempre in allegria.

Erik aveva proposto il modo di inventare storie usando un'immagine. Tutti partecipavano e tutti si divertivano.
Quel lunedì pomeriggio Fiamma era arrivata in anticipo e si era fermata ad aspettare davanti a una vetrina.
Alle sue spalle una voce.
Un uomo aveva pronunciato: *"My dear, see you tomorrow"*.
Erik è gia arrivato, aveva pensato, *è la sua voce.*

Si era girata. Sorridendo stava per salutarlo, per dirgli, *Erik sono qui, ancora un attimo poi saliamo da Mary*, ma si era paralizzata. La voce non le era uscita.

Non riusciva a capacitarsi.

Non credo ai miei occhi.

Erik stava abbracciando un giovane e gli faceva una carezza.

Una situazione strana, un po' ambigua.

Fiamma era rimasta immobile. La bocca semi aperta.

Si era girata e allontanata per non farsi notare.

Erik era entrato e dopo un po' lei l'aveva seguito.

Mille pensieri si erano susseguiti nella sua mente.

Quel pomeriggio Fiamma non era riuscita a concentrarsi. Spesso guardava Erik. Lui era come sempre. Come sempre la *lezione* si era conclusa. Quel giorno la storia, inventata dal gruppo osservando l'immagine che Erik aveva portato, era stata emozionante.

Fiamma non aveva parlato con nessuno di ciò che aveva visto, nemmeno con Matelda. Le sembrava di violare un segreto. E lei era certa di non averne il diritto.

Erik non le aveva mai fatto confidenze sentimentali.

Era sempre premuroso, continuava a farle complimenti, ad accompagnarla, ad aiutarla. Fiamma lo cercava, gli chiedeva consigli, lavorava al suo fianco con piacere e lo considerava il suo più caro amico. Niente di più.

Un giovedì pomeriggio di aprire alla porta della casa di Mary si era presentato un signore che Fiamma non aveva mai visto.

"Prego, si accomodi, io sono Philip, fratello di David" e le aveva stretto la mano con sicurezza. "Lei è Fiamma, vero? La nostra *theacher* italiana!"

Fiamma era rimasta un attimo esitante. Aveva lasciato la sua mano in quella stretta e aveva osservato quel signore distinto. Magro, non molto alto, qualche capello grigio alle tempie si mescolava a quelli neri, corti e divisi nettamente a sinistra. Certamente superava i quaranta.

I baffi un po' brizzolati erano sottili e ben curati.
Lei aveva risposto: "Sì, sono Fiamma… Sì, sono Italiana".

Si sentiva scrutare da quegli occhi azzurri e avvertiva un certo disagio. Per fortuna era arrivata Mary e l'avevano seguita in salotto. Fiamma aveva notato che Philip era leggermente claudicante.
"Io l'italiano quasi non lo conosco" aveva precisato Philip, mentre si sedeva proprio di fronte a Fiamma "e non voglio perdermi questa *lesson*."
Il suo tono voleva essere spiritoso.
Mary, sorridendo: "Ti prego Philip, oggi sii gentile, non essere il solito pignolo".
La *lezione* era stata faticosa. Philip più di una volta era intervenuto con osservazioni a volte ironiche, a volte pignole. Proprio come aveva temuto e previsto Mary.
Fiamma con sollievo stava per andarsene, ma non aveva potuto rifiutare l'invito di Mary a fermarsi per il tè.
"Resta. Phil ha portato pasticcini deliziosi. Guarda!"
Arrivata a casa, Fiamma si era confidata con Matelda.
"Che pomeriggio! Per fortuna questo Philip abita a Bath."
Le settimane avevano ripreso il loro normale svolgersi, ma un giovedì le aveva di nuovo aperto la porta Philip.
"Ben tornata Miss Fiamma, è un piacere rivederla!"
Era sorridente e le aveva stretto la mano con calore.
Fiamma balbettava per la sorpresa: "Grazie… Grazie".
Avrebbe voluto scappare, ma era arrivata Mary con in mano un pacchetto.
"Questo è un pensiero di Phil per te."
Fiamma avvertiva lo sguardo attento di Philip su di lei, mentre imbarazzata apriva il regalo ricevuto.
"Una sciocchezza" aveva minimizzato lui a voce bassa.
"Phil ha preparato per noi una crema speciale, lui è un farma-

cista. Un po' pignolo, ma è davvero bravo!" aveva spiegato Mary con tono allegro.

La *lezione* era stata una conversazione fatta di tante domande di Philip rivolte a Fiamma. Lei aveva risposto anche se non le era stato facile. Si sentiva a disagio.

Mary, mentre l'accompagnava, le aveva confidato: "Non ho mai visto Phil così gentile e attento con una donna".

Fiamma aveva parlato con Erik di Philip e lui, dopo aver ben ascoltato, ridendo soddisfatto, aveva considerato: "Per fortuna questo gentleman si presenta di giovedì, quando io non ci sono… Speriamo mantenga il calendario".

"Io invece spero non venga più" aveva sospirato Fiamma. "Mi sento osservata, come controllata da quegli occhietti azzurri. Ha occhi… penetranti" aveva concluso Fiamma.

Philip era tornato dopo circa un mese alla casa di Mary.

22

Mary nel frattempo aveva parlato a Fiamma del cognato.

L'inverno stava finendo e le giornate con più luce invogliavano ad andare al parco. Foglioline tenere spuntavano sui rami ed era piacevole camminare sui vialetti di ghiaia e respirare l'odore del nuovo verde.

Quel pomeriggio, finita la *lesson,* Mary e i ragazzini erano con Fiamma al parco. I bambini sfrecciavano sui pattini e le due donne sulla panchina chiacchieravano.

Uno scoiattolo si era fermato vicino ai loro piedi a osservarle; poi, in un attimo, era scomparso su un albero.

A un certo punto, nel discorso era entrato Philip.

"È sempre stato un ragazzo che sapeva impiegare il suo tempo. Stava ore da solo nella stanza da lui chiamata *laboratorio* a fare esperimenti con liquidi colorati, vetri e alambicchi. A volte uscivano puzze indescrivibili e sua madre correva disperata ad aprire porte e finestre gridando: "Qualche volta la casa salterà per aria!"".

Fiamma ascoltava attenta e divertita.

Mary aveva continuato: "Philip ha scelto la facoltà di chimica ed è un bravo farmacista. Prepara profumi, creme e tisane molto apprezzate dai suoi clienti".

Fiamma avrebbe voluto chiederle la causa di quel lieve zoppicare, ma Mary l'aveva preceduta.

"Finito il liceo, Phil era venuto in vacanza in Europa. Era ospite di un suo compagno di scuola che aveva i nonni qui in Inghilterra. Abitavano in campagna e allevavano cavalli. Phil ha sempre amato cavalcare, ma un giorno è caduto a causa di un'impennata improvvisa del cavallo. Una brutta caduta… e il suo ginocchio è rimasto leso."

"Chissà quanto avrà sofferto" aveva osservato Fiamma.

"Molto, e non solo fisicamente. Ha trascorso un periodo di insofferenza verso tutto e tutti, poi si è dedicato allo studio e una volta laureato si è trasferito a Bath. Un posto molto bello, antico; lui vive di lavoro e di studio dell'antichità. Vive da solo… Spesso è solo."

Fiamma aveva ascoltato Mary. Avute queste notizie, aveva capito molte cose e ora pensava a Philip in modo diverso.

Un pomeriggio Philip era tornato alla casa di Mary e aveva aperto la porta a Fiamma come la stesse aspettando.

L'aveva accolta sorridendo. Sembrava davvero contento.

Alla fine della *lesson* Philip aveva fatto una proposta: "Il prossimo weekend sarei lieto di ospitarvi a Bath". E rivolgendosi a Fiamma: "L'invito è anche per sua cugina".

Carlo era andato al palazzo col giardino ad augurare un felice Anno Nuovo a Bèrto e Rosetta.

"Sanstàestàe, non vedèvamo l'ora de incontràrte" aveva esclamato Bèrto, mentre abbracciava l'amico.

Rosetta, tutta agitata, l'aveva abbracciato e baciato.

"Buon Anno. Sarà dàvero un Anno Nuovo, io e Bèrto se sposèmo… Sé sposèmo apèna sarà finida la quarèsima."

Come Bèrto, aveva gli occhi lucidi dalla gioia.

Carlo aveva previsto il loro matrimonio e quell'annuncio lo aveva reso contento.

"Buon Nuovo Anno! Non avrei potuto cominciarlo meglio. Dobbiamo telefonare a Tom… Lui aveva previsto la vostra unione e sarà felice quando avrà questa bella notizia."

"Ti aspettavamo per telefonargli. *Sanstàestàe chisà come stà nòva la ghè farà piasèr."*

"Volèmo sposàrse il più presto posibile, perché ha da venir una famiglia… Forse mericàna. Starà qui per tanto tempo e a noàntre nò ghè resterà tempo per sposàrse" aveva spiegato Rosetta.

L'entusiasmo dei due amici per Carlo era stato motivo di riflessione. Aveva pensato a Fiamma.

Avrei potuto essere felice come loro e ho mandato tutto all'aria... Avessi la possibilità di tornare indietro!

Alla notizia del matrimonio, Tom aveva risposto con una sonora risata e un: "Lo sapevo che sarebbe andata così!".

A Carlo aveva poi spiegato: "Cosa ti avevo detto la sera della festa? Ma, credimi, le novità non finiranno qui".

Tom aveva fatto gli auguri ai futuri sposi, però aveva declinato il loro invito a partecipare alla cerimonia.

"Sono vecchio, non ho più la forza di viaggiare, ma sarei felice di avere una foto e una lettera con la descrizione di ogni particolare della vostra festa."

Per la prima volta Carlo non era andato in Piazza per il Carnevale. Polo e la sua Maga avevano insistito: "Vieni, unisciti al nostro gruppo, c'è un costume già pronto".

Aveva preferito andare solo a San Lazzaro degli Armeni.

Rosetta e Bèrto avevano impiegato Carnevale e quaresima a preparare il matrimonio. Carlo era andato a trovarli, si sposavano dopodomani, il lunedì di Pasqua.

"Avèmo fàto mille cose, carte, trasloco, compere. Ora sèmo a posto, avèmo finìo" aveva esclamato Rosetta.

"Caro Carlo, i dìse che la quarèsima la xhè longa, ma mì tè dìgo che la xhè volàda, Sanstàestàe" sospirava Bèrto.

Lunedì dell'Angelo era arrivato.

Il matrimonio si celebrava in *San Stàe*.

In chiesa c'erano molte persone che conoscevano Bèrto sin da quando era bambino, i parenti e gli amici.

Testimone di Bèrto era suo cugino Marco che viveva e aveva un orto a Sant'Erasmo.

Rosetta, che non aveva familiari, era stata accompagnata all'altare da Carlo. Lui, felice per i suoi cari amici, nel vedere Rosetta, radiosa, avvolta di bianco, non era riuscito a trattenere la commozione.

Vorrei fosse Fiamma… Desidero vederla… Non riesco ad accettare il suo abbandono… Vorrei essere Bèrto.

Le giovani delle *Zitelle* e le monache, emozionate alle lacrime, avevano intonato i canti liturgici.

Polo era emozionato e la Maga non riusciva a contenere la sua gioia. Lo strappo alla lenza lo aveva ormai dato.

Era una giornata di sole, tiepida, luminosa.

Usciti dalla chiesa, sposi e invitati, mescolati ai turisti, si erano fermati sul sagrato per foto e a *ciàcole*.

In corteo si erano poi avviati a casa, al palazzo, accompagnati dagli auguri dei passanti.

Il portone era aperto. Bèpi, i clienti del bar e gli abitanti della corte erano ad aspettare gli sposi.

In sala, in bella vista, i regali ricevuti. Fra tutti spiccava un quadro, una *Sacra Famiglia* dipinta da Tom.

Le compagne di istituto di Rosetta avevano preparato in giardino il rinfresco. Era stato il loro regalo.

Gli sposi avevano ricavato nel palazzo il loro mini alloggio ed erano molto orgogliosi e contenti.

"Una casa tùta mia non l'ho mai avuta. Ho fàto la mia famiglia con Bèrto… Madonna Santissima, gràsie" ripeteva.

Bèrto in certi momenti era confuso e ribadiva a tutti: *"Sanstàestàe, sòn tròpo contènto, non me manca niente"*.

Ormai era pomeriggio, iniziava a fare fresco, gli invitati erano andati e il giardino era stato riordinato.

Era rimasto solo Carlo a fare le ultime considerazioni e a dare ai timorosi sposi utili suggerimenti per il loro viaggio di nozze a Roma.

Carlo, rientrato, si era seduto davanti alla finestra e guardava il giardino. L'*Adagio* di Benedetto Marcello lo accompagnava. Era triste. Pensava a Fiamma.

"Se la incontrassi cosa potrei dirle per farmi perdonare? Non l'ho più sentita… Forse ama un altro. Vorrei vederla."

Fiamma e la famiglia di Mary avevano accettato l'invito di Philip ed erano a Bath. Matelda non si era unita alla comitiva, perché era andata con Mark ad Edimburgo.

Philip aveva accolto gli ospiti con entusiasmo. Era stato molto affettuoso con i giovani nipoti e aveva loro regalato dei bellissimi giocattoli.

David aveva guardato sorridendo Mary. Era un po'sorpreso dal buon umore e dall'abbigliamento del fratello.

Philip era diverso. Non era impacchettato nel solito abito con gilet, fazzoletto al taschino e cravatta.

Sotto al soprabito, una camicia a quadretti senza cravatta, un cardigan di cachemire e comodi pantaloni.

Philp era stato una guida fantastica. Aveva accompagnato i suoi ospiti a spasso per Bath dopo un pranzo consumato in un tipico ristorante. Ai ragazzini era stato permesso di correre liberamente ogni volta era possibile farlo.

Fiamma si sentiva a suo agio e le premure di Philip non le dispiacevano. Lui conosceva bene il luogo, famoso per le sue terme e aveva saputo illustrarne la storia e la bellezza.

Dopo cena Mary e David si erano ritirati presto con i bambini e Philip aveva invitato Fiamma a fargli compagnia per un ultimo drink.

Philip mostrava sincero interesse per la ragazza italiana e l'ammirava per la determinazione che aveva avuto ad affrontare un futuro non privo di sacrifici.

"Mio fratello e la sua famiglia fra poco partiranno per l'Italia e io sarei lieto di poterla incontrare a Londra. Non è un viaggio tanto lungo e nemmeno faticoso" aveva alla fine dichiarato a Fiamma.

Anche lei stava bene con Philip. Avvertiva che era sincero. Non sapeva cosa rispondergli, era indecisa.

Lui le aveva preso una mano, era emozionato. Lei lo sentiva. Aveva pensato a ciò che provava con Carlo e in lei era subentrata una certa inquietudine. Ma non aveva saputo negargli la possibilità di incontrarlo a Londra. Sorridenti si erano scambiati il numero di telefono.

Il mattino dopo erano andati al *Tempio del sole* di Stonehenge. Era stato un weekend piacevole per tutti.

"Ti spediremo cartoline dall'Italia, così saprai dove andremo" gli dicevano.

Philip aveva baciato sulle guance anche Fiamma. "Zio Phil non è mai stato così buono e allegro come oggi" avevano notato i due giovani nipoti.

David l'indomani era partito per l'Italia e i suoi familiari lo avrebbero raggiunto dopo una settimana.

Sarebbero partiti il due maggio.

Philip aveva le chiavi della casa del fratello e sperava di trascorrere un weekend a Londra insieme a Fiamma.

Si poneva tante domande. Si stupiva di ciò che stava avvenendo nel suo animo.

Possibile che alla mia età provi tanta emozione per voler incontrare una donna… Come fossi un ragazzo? Non avrei mai immaginato potesse accadermi… Ho sempre avuto un certo distacco, non ho mai preso in considerazione la vita a due. Ora vorrei vedere Fiamma, incontrarla tutti i giorni. Cosa mi sta succedendo?

In laboratorio non riusciva più a concentrarsi come prima. Con i clienti aveva battute allegre e sorrideva spesso. Non pochi avevano notato il suo cambiamento.

Dopo Bath aveva ripreso la lettura di articoli, libri e vecchie riviste in lingua italiana.

Gli era tornata l'immagine della nonna Sara con sua cugina Giuditta. Mentre prendevano il tè in salotto parlavano in italiano. Un italiano cadenzato, armonioso. Parlavano di Venezia e dei loro familiari.

Distratto, lui le ascoltava mentre giocava. Allora non era interessato a quella strana lingua. Inspiegabilmente ora sì.

Le loro parole avevano la stessa dolce melodia di quelle di Fiamma.

Leggeva in italiano perché se avesse incontrato Fiamma avrebbe voluto essere in grado di parlare la sua lingua. In quei giorni, più di una volta aveva aperto gli armadi.

"Tutte cose da signore maturo… Adatte per il Club e per Emy, ma non per Fiamma" così rifletteva scartando i capi di vestiario, anche se di sartoria e tessuti pregiati.

Il cassetto delle cravatte non l'aveva nemmeno aperto.

Aveva comprato abiti comodi, da giovane uomo disinvolto.

Mrs Emy, il Club e i soci ora non erano nei suoi pensieri.

Tentennava. Per la prima volta si sentiva insicuro.

Prendeva il telefono in mano, ma non si decideva a comporre il numero di Fiamma e chiamarla.

E se rifiuta di incontrarmi?

Infine si era deciso.

"Pronto, Fiamma, sono Philip. Come stai? Sarei felice di vederti e di trascorrere un po' di tempo con te. Il prossimo weekend sarò a Londra, possiamo incontrarci?"

Philip dopo la laurea aveva deciso di vivere a Bath.

La vita della provincia inglese si attagliava alla sua mentalità, al suo carattere. Lui era puntuale, metodico e non poteva essere altrimenti visti i suoi interessi per la chimica e le sue applicazioni.

A suo avviso la vita a New York era faticosa: distanze enormi, affollamenti. Una metropoli sempre in divenire. Lui era lento, meticoloso e sapeva stare da solo.

Era socio del Club *Amici del Teatro* di Bath. Ogni venerdì sera raggiungeva il Circolo e dopo cena lui e tutti i soci si intrattenevano sino a mezzanotte.

Ognuno coltivava il proprio hobby. Chi giocava a poker, chi a scacchi, altri a biliardo. Alcuni si immergevano nella lettura.

Al Club il self-control vestiva cravatta, gilet e fazzoletto al taschino della giacca.

Anche i calzini venivano scelti con scrupolo.

Le signore erano eleganti, ingioiellate, profumate, con mani, capelli e unghie sempre molto curati.

Philip si era perfettamente integrato in quel gruppo che rispettava le tradizioni come riti sacri.

Lui giocava a poker con due coppie di Bath, un medico, un professore, le rispettive mogli e Mrs Emy.

Il dottore era un uomo taciturno, asciutto anche fisicamente e molto abile nello sbaragliare il banco.

La moglie al gioco era forse più abile del marito, ma amando le chiacchiere più delle carte, si distraeva facilmente e le sfuggivano molte occasioni di vincita.

Il professore era allegro, ironico e ogni volta aveva un episodio esilarante da raccontare. A sentirlo i suoi allievi erano *splendidi, unici* e questo testimoniava quanto amasse insegnare e quanto amasse i suoi studenti.

La moglie era l'esatto suo opposto. Seria, silenziosa, non bella, perennemente indecisa sulla carta da scalare.

Mrs Emy era una ricca vedova che proveniva da Londra e dopo la morte del marito si era trasferita a Bath.

Mrs Emy era più grande di Philip e si capiva che per questo scapolo aveva particolare interesse.

Era una donna non molto alta, ben proporziona; i capelli corti, di colore chiaro omogeneo, sembravano naturali grazie all'abilità di un famoso parrucchiere.

Aveva un naso molto pronunciato, ma bellissime gambe e ginocchia piccole come quelle di una ragazza.

Lei lo sapeva e perciò non indossava mai i pantaloni.

24

Mrs Emy per proteggere e conservare la sua bellezza faceva abbondante uso delle creme preparate dal dottor Philip. *Creme miracolose.* Cosi lei le definiva.
Era stata proprio la fama di quelle creme a portarla alla farmacia e a farle conoscere quel *favoloso* dottore.
Appena saputo che il dottor Philip era uno scapolo che proveniva da New York, Mrs Emy non aveva più disertato quella farmacia. Anzi.
Un foruncolo, una piccola imperfezione cutanea, un minuscolo neo, erano un valido motivo per correre alla farmacia e chiedere un consiglio al dottor Philip.
Lei non aveva esitato un minuto a farsi socia del Club.
Lentamente fra i due era nata una certa confidenza.
"Perché un pomeriggio non prendiamo un tè insieme?" aveva proposto un giorno Mrs Emy a Philip.
Dopo alcuni incontri per un tè c'era stata una cena in un ristorante fuori Bath.
Le cene si erano poi spostate a casa di Emy.
Lei era sempre impeccabile e cercava di dimostrarsi semplice, spontanea. Cercava di non far trasparire l'impegno da lei profuso per apparire tanto modesta.
Philip trovava la sua compagnia piacevole e si era lasciato coinvolgere lentamente in una relazione che a volte sfociava in un rapporto intenso.
Philip non era innamorato di Emy, ma la frequentava volentieri.
Lei non gli creava problemi, non lo poneva di fronte a decisioni esistenziali.
Entrambi amavano la libertà. La loro amicizia-amorosa era importante per entrambi, ma non avevano nessun desiderio di cambiare radicalmente la loro vita.

Il primo incontro con Fiamma era stato per Philip una scoperta. Una piacevole scoperta.
Gli era apparso un modo di vivere diverso.
Fiamma era trasparente, modesta, diretta.
Non c'era ombra di astuzia nel suo agire, nelle sue parole non c'erano doppi sensi e nemmeno malizia.
Philip era rimasto colpito dalla sua freschezza, dalla sua spontaneità, da come sapeva parlare ai bambini.
Fiamma aveva fatto ritrovare a Philip un aspetto della gioventù che lui aveva trascurato. L'amore.
Non aveva pensato di provare ora questa fresca emozione.

Fiamma aveva accettato l'invito.
Philip sarebbe arrivato col treno e l'avrebbe incontrato sabato alle undici a Victoria Station.
Anche lei non era tranquilla, si poneva molte domande.
Philip è un uomo interessante, le sue attenzioni mi fanno piacere, sento che è sincero, ma non posso fare a meno di pensare a Carlo, di fare confronti... Sono confusa.
Fiamma non l'aveva visto scendere e Philip l'aveva sorpresa posandole una mano sulla spalla. Lui, sorridente, dopo averle dato un amichevole bacio, l'aveva presa sottobraccio e si era informato sui giorni trascorsi. Aveva fatto qualche accenno ai suoi compagni di viaggio.
Lei alla proposta di Philip aveva risposto: "Sì, vengo volentieri a Kew Gardens, non ci sono mai stata. Tutti dicono sia un luogo straordinario, da visitare".
"E io sono felice di essere la tua guida. Kew Gardens è una vera enciclopedia della flora mondiale. Vedrai. Resterai sbalordita! Ne sono certo."
Philip conosceva tutte le piante officinali e in modo semplice le aveva spiegato gli effetti benefici o tossici del loro uso.
Fiamma aveva ascoltato con attenzione. Era sbalordita! Un

luogo così bello… Tante piante… La grande pagoda. L'orto botanico di Padova che aveva ammirato al confronto era minuscolo, modesto. Avevano proseguito la visita.

"Io amo i fiori… Che belli… Quanti…" e come una farfalla non sapeva dove posare lo sguardo. "I giardini a Venezia sono così rari."

Lui la osservava con dolcezza.

Era stato preso dal desiderio di coglierne uno, il più bello, il più profumato e regalarglielo con un bacio.

Philip era profondamente attratto da Fiamma.

La osservava. Così semplice, delicata nei gesti e nella parola. Spesso era silenziosa e lui avrebbe voluto sapere a cosa stesse pensando. Notava la sua carnagione chiara, le sue mani piccole e avrebbe voluto stringerle.

Da quanto io non provo queste emozioni? si chiedeva.

Lei si era girata e aveva colto il suo dolce sguardo. Sorpresa, per un attimo aveva avvertito imbarazzo.

Lui aveva interrotto l'incanto.

"Vieni, ci resta solo l'ultima parte del giardino poi, prima di tornare a casa, ci fermiamo per un breve break."

Erano rientrati a Londra quando era ormai sera.

Philip l'aveva accompagnata col taxi.

Prima di salutarsi si erano accordati per il giorno seguente.

La mattina era bella. Le nubi alte, bianche e veloci.

"Non andiamo a rinchiuderci in un museo, godiamoci questa giornata all'aria aperta" aveva proposto Fiamma.

"Andiamo alla Torre, da parecchio tempo non ci vado."

Come i molti turisti ristettero a osservare il fiume dalle acque scure e l'imponente ponte.

Avevano poi fatto sosta davanti alla Torre.

"Vedi i corvi? Certo conoscerai la leggenda, perché è una leggenda, quella che dice che *sino a quando ci saranno i corvi esisterà la Torre*" le aveva recitato Philip, indicando gli uccelli che saltellavano sull'erba.

"Allora questi saranno certamente i corvi più coccolati del mondo!" aveva esclamato Fiamma, ridendo.

Avevano passeggiato e si erano poi fermati in un bar.

Philip, dopo un momento di esitazione, aveva guardato seriamente Fiamma e un po' titubante le aveva dichiarato: "Devo farti una confessione, David e la sua famiglia sono a Venezia. Ti chiedono scusa per avertelo nascosto. Non volevano destare in te nostalgia… Farti soffrire".

"A Venezia?… Non immaginavo… Davvero sensibili!"

E Fiamma per un po' aveva seguito i suoi pensieri.

Non riusciva più a concentrarsi sulle parole di Philip.

Venezia! La mia Venezia! San Marco… Le calli… La laguna… Carlo…

Una carrellata di immagini aveva iniziato a scorrere nella sua mente come una veloce pellicola.

Lei non le coglieva in modo nitido, ma la nostalgia sì. Quella l'aveva colta in tutta la sua intensità.

Philip le diceva: "Sono stato a Venezia un paio di volte e spero di tornarci… Ma vorrei farlo insieme a te".

Guardava Fiamma con intensità. Poi, esitante e arrossendo come un ragazzo, le aveva dichiarato il suo amore.

"Sono confusa, è tutto così strano, inaspettato" aveva risposto Fiamma che con lealtà gli aveva raccontato di Carlo.

Philip l'ascoltava attento, con atteggiamento affettuoso.

Lei, guardandolo, aveva manifestato le sue intenzioni.

"Sono sorpresa, mi lusinga la tua dichiarazione, ma credo di aver bisogno di tempo per poter accettare una proposta così importante. Non vorrei illuderti… Devo fare luce sui miei sentimenti."

Philip le accarezzava le mani e nonostante le parole di Fiamma lo facessero soffrire, con affetto aveva risposto: "Apprezzo la tua onestà e aspetterò la tua decisione".

25

Carlo aveva incrociato Rosetta davanti al bar.

"Carlo sòn in ansia, domani vièn il siòr inglese e dopo verà la sua famiglia, pènsa ghè saràno due putìni... Mi e Bèrto sèmo agitati come se sul Canàl ghè fòse la bòra."

Aveva pronunciato queste parole in un sol fiato e dopo un: *"Scùsame, ma sòn de frèta"*, a passo svelto si era diretta al portone di casa.

Carlo l'aveva ascoltata senza aver avuto il tempo di farle una sola domanda.

Dopo un paio di giorni, mentre stava innaffiando i fiori sul davanzale, aveva rivolto lo sguardo al giardino. Un signore stava girovagando e dopo aver osservato le ortensie, i fiori e il platano, aveva risalito i tre gradini. Sulla soglia si era fermato, si era girato un attimo e infine era rientrato nel palazzo.

Sarà il signore inglese, vorrei conoscere questi nuovi vicini... spero che Bèrto e Rosetta mi invitino.

Il sabato mattina Carlo si era fermato per due *ciàcole* con Bèrto che stava tagliando la siepe nella corte.

"Io e Rosetta stèmo aspettando la signora con i bambini. Avèmo tanto da fare, Sanstàestàe... Ma ti pènsa, il siòr è il nipote di una cugina americana di Giudìta, una giudèa de Venèsia, che avèa sposato un americano, un cristiano."

Non era stato necessario annunciare l'arrivo dei bambini.

Infatti, appena arrivati, si erano precipitati in giardino e di corsa lo avevano attraversato in lungo e in largo.

Carlo al suono di quelle vocine e risate era andato alla finestra e sorridendo guardava il giardino pieno di vita.

I bambini si erano poi intrufolati nella casetta e vi erano rimasti a lungo. Solo al richiamo di una giovane signora erano usciti. Nelle mani avevano una palla, dei libri, alcune scatole e reggendoli come fossero trofei, correndo ripetevano felici:

"Mama, look at, look at".
I bambini trascorrevano molti pomeriggi nel giardino e la loro vivace presenza animava la casa e tutta la calle.
"David, il padre, non c'è. El xè fòra Venèsia per lavoro. El tornerà fra una decina di giorni, alòra ti verà a cena con no- àntre, sèmo già d'acòrdo con la signora. Ti vedrà, ti piaseràno tùti, Sanstàestàe... Ànca i putìni."
Così Bèrto aveva invitato Carlo, mentre sorseggiavano una birra da Bèpi. Carlo aveva risposto: "Accetto con piacere. È da tanto che non stiamo un po' insieme. Sono curioso di conoscere i miei nuovi vicini… Avremo molti argomenti di cui parlare. Sarà una bella serata, ne sono sicuro".

Carlo oltre a conoscere i bambini inglesi e il loro nome, ormai conosceva anche i loro genitori.
PRENDILA TOMMY… PRENDILA, NON LASCIARLA SCAPPARE!
Chi è quella giovane donna? non l'ho mai vista. Rosetta e Bèrto non mi hanno mai parlato di un'altra persona. Appena li incontro chiederò… Sono davvero curioso. Non ho nemmeno visto il suo viso. Chissà com'è? Bella? Giovane?
Così rifletteva Carlo, mentre innaffiava le zinnie.
Sabato sera devo andare a cena. Forse c'è anche lei, così la conoscerò, pensava con un filo di ottimismo.
Il pomeriggio del giorno dopo, giovedì, mentre tornava dal lavoro, aveva sentito le voci dei bambini in giardino. Stava pensando alla donna che aveva visto, quando gli era arrivata una pallonata in testa.
Carlo aveva raccolto la palla e fatti pochi passi era davanti al portone del palazzo.
Aveva suonato il campanello e in attesa che qualcuno venisse ad aprire, aveva sentito la vocina di Betty.
"Tommy, i tuoi tiri sono sempre troppo alti!"

Il portone si era aperto e davanti a Carlo c'era Fiamma.
"FIAMMA! TUU!" aveva esclamato Carlo.
Non era riuscito a pronunciare nessun'altra sillaba.
Come quando uno dopo aver salito di corsa cinque piani di scale, arrivato al pianerottolo si ferma, inizia ad ansimare, ad avvertire vertigini, così Carlo, alla vista di Fiamma, aveva iniziato a sentire il suo cuore battere fortissimo, come gli stesse scoppiando in petto.
Le gambe sembrava non lo reggessero, gli girava la testa, stava male, non riusciva a parlare. Prima un gran caldo, poi era stato percorso da un gelido brivido.
Pensava: *finalmente ti vedo... Tesoro, sei tornata! Come hai potuto stare tanto tempo lontana, credevo di impazzire...*
Fiamma, dopo aver visto Carlo, d'istinto stava per chiudere la porta.
Carlo? Un fantasma? Un'allucinazione? Incredibile! Come può essere arrivato al portone? A questo portone?
Era arrossita, sentiva le guance bruciare. Non riusciva a connettere.
Poi aveva pensato: *Ho voluto tornare per fare luce sui miei sentimenti... Ho accettato l'invito di Mary e dei bambini perché pensavo di stare a Venezia tranquilla, di avere tempo per meditare. Invece? Appena arrivata trovo Carlo al portone. Come può essere possibile? Una cosa che nessuno avrebbe potuto immaginare.*

Fiamma aveva guardato Carlo. Irrazionalmente era stata presa dal desiderio di abbracciarlo, di sussurrargli: *Caro, quanto mi sei mancato! Non speravo in questo miracolo...*
Proprio in quel momento era arrivata Rosetta seguita dai due bambini.
"Grazie signore per avermi portato la palla" aveva esclamato Tommy che contento era tornato a giocare.

"Carlo! Tì sè tì! Scusa, ma come tì sà i bambini sòn sempre in movimento" aveva giustificato Rosetta. *"Lei è Fiamma, la xhè apèna arivàda da Londra… Pensa la xhè de Venesia ànca hèla."*
Rosetta aveva osservato Carlo e aveva notato la sua insolita espressione. Non l'aveva mai visto così strano. Aveva guardato Fiamma e si era stupita di quel rossore.
Era sul punto di chiedere: *Carlo tì stè bèn?* ma si era fermata.
Rosetta, pur non sapendo della loro storia, aveva colto dai loro visi, dai loro atteggiamenti, che c'era qualcosa che lei non sapeva, che le sfuggiva. Qualcosa c'era. Il suo intuito non sbagliava mai! Era disorientata.
"Ma vè conossète?"
Poi aveva capito che la sua presenza non era necessaria.
"Scusateme, tèngo facènde da sbrigàr."
Carlo e Fiamma erano rimasti soli. Uno di fronte all'altra, in silenzio, si guardavano.
Carlo si era ripreso, il cuore aveva rallentato e alla sorpresa stava subentrando la gioia di rivedere Fiamma.
"Non riesco a crederci, finalmente sei tornata, quasi non ci speravo più. Ho tante cose da dirti, da raccontarti, ma la più importante è chiedere il tuo perdono."
Lei lo guardava, il rossore stava attenuandosi, ma era come un'acrobata sul filo. Tesa. Attenta.
Carlo aveva continuato: "Come ho potuto essere così idiota? Trattarti in quel modo! Non riesco a perdonarmi… Sapessi quanto ho sofferto… Non vederti più, non poterti parlare. Hai avuto tutte le ragioni di questo mondo… Sin dal primo giorno che non ti ho più vista ho capito che mi meritavo un castigo, ma non pensavo così lungo".
Dopo una lunga esitazione aveva continuato: "Fiamma, cara, non posso più stare un minuto senza di te. Ora che ci siamo incontrati di nuovo non voglio più perderti… Ti amo, tu lo sai. Sono stato uno sciocco, ma ti amo e vorrei tu mi perdonassi".
Le aveva preso le mani e gliele baciava commosso.

26

Fiamma lo ascoltava. Aveva lo sguardo basso, mille cose nella sua mente e nessuna ben chiara. Desiderava le sue carezze i suoi baci, ma temeva, non si fidava.

"Non so, temo di essere di nuova delusa. Tu non sai il dolore che mi hai dato e ora dovrei tornare con te e dimenticare tutto? Non so come tu abbia vissuto questo tempo, ma non posso fare a meno di dubitare sul futuro."

"Tu non mi credi, capisco. Vieni con me a Madonna dell'Orto, là ti spiegherò molte cose. Questo non puoi negarmelo... Fammi questo favore. Andiamoci subito."

Carlo l'aveva supplicata con passione. Con tenerezza.

Fiamma lo guardava e notava che non l'aveva mai visto così afflitto, non l'aveva mai implorata con quel tono.

"A Madonna dell'Orto? Adesso? Non posso... Vediamoci do-mattina alle otto. Ora devo rimanere con i bambini e soprat-tutto pensare, riflettere... Sono disorientata."

Si erano lasciati sul portone e lui non aveva resistito a strin-gerla forte a sé.

Lei non aveva corrisposto, ma provava un soave piacere.

Il mattino seguente era arrivata a Madonna dell'Orto in anti-cipo. Aveva percorso il tragitto con il cuore in tumulto.

Perché a Madonna dell'Orto? Non capisco... Sono in ansia. Carlo cosa dovrà dirmi, dimostrarmi?

Mentre entrava era stata colta da una forte esitazione.

La promessa fatta non l'aveva dimenticata, le mancava il re-spiro. Aveva dovuto fermarsi. C'era poca luce.

Non c'è nessuno... No, c'è un uomo, mi sembra... Carlo?

Fiamma era sorpresa, sperava di stare un po' da sola.

Carlo era andato prima dell'orario stabilito perché doveva rin-graziare la Vergine per il miracolo ricevuto.

Questa è una Grazia della Vergine, un vero prodigio, pensava.

Era seduto, aveva la testa stretta fra le mani e gli occhi chiusi. Era raccolto in se stesso, non riusciva a vedere nulla, nemmeno la Grande Statua.

Fiamma si era fatta coraggio, gli era andata vicino e si era seduta al suo fianco. Lui le aveva preso la mano, si era alzato e l'aveva accompagnata davanti alla Statua.

Fiamma aveva esclamato: "Il mio ciondolo! Come può essere?".

Aveva guardato Carlo con stupore.

Carlo le aveva raccontato lo strano ritrovamento e la promessa fatta alla Vergine.

Lei gli aveva spiegato come e dove lo aveva smarrito.

Quel ciondolo ritrovato aveva avuto il potere di riavvicinare e riconciliare i due.

Carlo l'aveva presa fra le sue braccia e la guardava con occhi lucidi, ricolmi di amore. La stringeva.

Fiamma aveva appoggiato la testa al petto di Carlo. Piangeva in silenzio. Non credeva fosse vero. L'emozione era troppo intensa. Il tempo trascorso lontana da lui sembrava essere lontano. Una narrazione.

In quel momento era entrato dalla sagrestia il vecchio parroco. Si era fermato un momento ad osservarli.

Non aveva impiegato molto a riconoscere Carlo e con gioia aveva esclamato: "Allora il miracolo è accaduto! Che bella notizia, sono davvero contento!", e si era fermato vicino ai due teneramente abbracciati.

Carlo, presentandogli Fiamma, aveva spiegato e concluso con un: "Ci vedremo presto… Avremo modo di conoscerci".

Fiamma dopo aver rinnovato il desiderio di sposarsi in *questa bella chiesa* era uscita a braccetto di Carlo.

Lui aveva accennato a persone incontrate, ad avvenimenti accaduti durante il periodo trascorso nella nuova casa.

"Vedrai, ti piacerà, è piccola ma le finestre del soggiorno guardano il giardino del palazzo."

"Il giardino! Fantastico!… Mi piacerà, sono sicura."

Felici, ma frastornati si erano diretti alla casa.

Nelle calli le botteghe erano ormai tutte aperte.

Il flusso turistico stava intensificandosi; nel brusio si intrecciavano diverse lingue, ma loro non notavano nulla.

Le gondole erano già collocate, pronte per i tour nei canali.

I gondolieri avvicinavano i *clienti,* proponevano *prezzi stracciati* e con ironia erano disposti a trattare. Ma Carlo e Fiamma non vedevano nemmeno i vaporetti.

Un gruppetto di persone stava assistendo a un forte diverbio fra due gondolieri che volevano accaparrarsi quattro turisti americani. C'era chi sorrideva divertito e chi era preoccupato per come poteva finire la rumorosa baruffa. Carlo e Fiamma erano passati senza nemmeno sentire le *grosse* parole che si scambiavano i due.

I fruttivendoli avevano trasformato con maestria i loro banchi in originali e accattivanti tavolozze.

Le vetrine delle pasticcerie traboccavano delle delizie veneziane. Dolcezze prelibate. Stupende da vedere.

Ma Carlo e Fiamma non si accorgevano di essere circondati da tanta bellezza. Erano immersi nella loro gioia.

Avevano attraversato il mercato di Rialto e non avevano avvertito l'odore del pesce e udito il forte *ciacòlare.*

"Dobbiamo raccontare ai nostri amici la nostra storia" aveva suggerito Carlo a Fiamma.

Rosetta, Bèrto e Mary, quasi increduli, li avevano ascoltati con interesse e non li avevano mai interrotti.

I due bambini, per capire bene, avevano avuto bisogno di due spiegazioni. Una in italiano e una in inglese.

Usciti dalla porta del giardino si erano avviati alla casa che

Carlo smaniava di mostrare alla sua amata.

Appena entrata Fiamma era andata alla finestra.

"Ecco il giardino! È favoloso!" aveva esclamato, poi si era girata e aveva notato e ammirato il dipinto di Tom.

Carlo, dopo averle spiegato velocemente, aveva aggiunto: "Devo dargli la bella notizia", e aveva chiamato Tom.

"Cosa ti dicevo? Sono così felice per voi, spero di conoscere Fiamma… Ora sono in ospedale, però mi auguro di vedervi a Milano", aveva risposto Tom con un filo di voce.

Fiamma aveva percorso tutta la casa, soffermandosi e toccando ogni oggetto.

Carlo le era al fianco e tenendole un braccio sulle spalle le illustrava, arricchendo con dettagli, a volte divertenti, vicende legate a quelle piccole cose.

Poi si erano lasciati trasportare dal desiderio, dal bisogno di esprimere, di manifestare il loro amore.

Carlo aveva acconsentito alla proposta di Fiamma.

"Domani andiamo dai miei genitori. Sono certa che saranno molto felici del nostro matrimonio."

"E poi faremo visita a Polo" aveva aggiunto Carlo.

Durante il tragitto in macchina per arrivare alla casa dei genitori di Fiamma, Carlo era silenzioso.

Non riusciva a nascondere la sua tensione. Temeva che i futuri suoceri gli rinfacciassero e il dolore che aveva procurato a Fiamma e la loro sofferenza, causata dalla partenza improvvisa della figlia.

I due genitori li stavano aspettando e come aveva previsto Fiamma, nel vedere la figlia felice per l'amore ritrovato, nel cogliere l'imbarazzo di Carlo e le premure che aveva per la loro cara, che finalmente era tornata a vivere a Venezia, non avevano potuto che rallegrarsi.

"Tutto è andato come avevo previsto" aveva espresso Fiamma con soddisfazione.

Carlo provava un gran sollievo e le accarezzava il viso.
"Domani mattina andiamo da Polo," le aveva detto Carlo "sarà contento di conoscerti e sono certo ti piacerà."

Fiamma e Carlo, prendendosi per mano come due ragazzini, stavano raggiungendo il laboratorio di Polo.
"Polo è un artista, un filosofo, un tipo particolare," precisava Carlo "anche se ultimamente è molto cambiato."
"Persone particolari ne ho incontrate tante!"
"Ecco, siamo arrivati. Entriamo" aveva detto Carlo.
Polo stava riparando una sedia.
Carlo l'aveva raggiunto e senza preamboli aveva dichiarato: "Lei è Fiamma e siamo venuti ad annunciarti il nostro matrimonio. Noi ci amiamo da tanto tempo e ora che ci siamo ritrovati ci sposiamo".
"Piacere di conoscerla. Sono molto felice per la bella notizia" aveva esclamato Polo.
Silvia, la *Maga*, ormai sua collaboratrice, aveva lasciato il vecchio libro che stava restaurando, li aveva raggiunti e sorridendo aveva detto: "Ben arrivata, siamo molto felici di conoscerti".
Si erano accomodati ad ascoltare Carlo che raccontava la sua lunga storia con Fiamma.
La *Maga,* dopo un attimo di silenzio, si era rivolta a Polo con irresistibile dolcezza: "Polo, caro, pensa che bello, che meraviglia sarebbe celebrare il nostro matrimonio insieme a loro! Non trovi? Non puoi dire di no! Sarà un evento eccezionale… Non capita tutti i giorni che quattro amici si sposino lo stesso giorno e nello stesso luogo!".
Polo, colto un po' di sorpresa, era rimasto un attimo perplesso.
Poi, allargando le braccia, aveva guardato Carlo e con rassegnazione aveva sospirato: "Come dicono a Venezia, *a la mia Màga nòn pòso dìrghe dè nò!*".

La *Maga*, dopo aver premuto rumorosamente le sue labbra
sulla guancia di Polo, si era avvicinata alla libreria, si era chinata, aveva aperto lo sportello e quando si era alzata con una
mano reggeva un vassoio con quattro bicchieri e con l'altra
una bottiglia di Bellini.
"Evviva! Evviva! Festeggiamo questa bellissima giornata!"
Polo, con aria compiaciuta, sorrideva felice e sottovoce faceva
notare agli amici: "Solo lei riesce a fare questo!".
I quattro amici si erano alzati e dopo baci, abbracci e aver fatto
tintinnare i loro calici, avevano sorseggiato con vera gioia la
delicata bevanda.
"Al nostro giorno più bello!" avevano detto all'unisono.
Carlo e Fiamma, rincasando, parlavano delle belle cose che
Polo aveva nel suo laboratorio.
"Tesoro, hai notato quella specchiera veneziana?"
"Sì, è davvero splendida" aveva sottolineato Carlo.

27

In breve tempo Carlo e Fiamma avevano organizzato il viaggio a Londra.

All'aeroporto, Matelda stava aspettando il loro arrivo.

Non capisco come mia cugina abbia potuto perdonare questo Carlo… Uno che le ha fatto versare tante lacrime. Proprio adesso che stava meglio, che iniziava ad apprezzare Londra… Ora che sembrava finalmente serena. Io credo che non l'avrei mai fatto. Smanio dalla voglia di conoscere questo Casanova da strapazzo… Voglio proprio vederlo. Mah! Contenta lei… Oh! Eccoli!

Fiamma stava cercando con lo sguardo Matelda e appena vista era corsa ad abbracciarla.

"Lui è Carlo" aveva detto Fiamma con gioia.

Matelda, dopo averlo scrutato in ogni particolare, aveva pensato: *Non è poi così male.*

Mentre loro parlavano del viaggio, Matelda notava i modi gentili e premurosi di Carlo per Fiamma. Lentamente si era ricreduta. Si era lasciata conquistare dagli sguardi pieni di complicità, di tenerezza, dai gesti che i due si scambiavano e aveva provato gioia per la cugina che con tanto entusiasmo si avvicinava al matrimonio.

Col passare del tempo, Matelda aveva provato simpatia per Carlo e cominciava a considerarlo una persona cara.

Il giorno dopo Fiamma e Carlo erano andati da Erik.

"Conoscerai Erik e vedrai il posto dove lavoravo. Erik è stato un vero amico, mi ha molto aiutato" spiegava Fiamma, mentre si avvicinavano al bar.

"*My shine! My shine*, sei tornata!" aveva esclamato Erik. "Come stai? Che piacere rivederti! Tutto bene?"

"Grazie, Erik, tutto bene. Ti presento Carlo, il mio futuro marito… Sì hai sentito bene, presto mi sposerò!"

"Che bella sorpresa! Sono felice. Anch'io ho una bella sorpresa" e si era avvicinato alla cassa. "Vi presento James, il mio amico… Ora noi viviamo insieme."

James era l'uomo che Erik, quel lunedì pomeriggio, aveva abbracciato con tanto affetto. Fiamma lo ricordava bene.

"Sono contenta e spero di vedervi a Venezia al nostro matrimonio"

Carlo aveva aggiunto: "Ci farebbe davvero piacere".

James non capiva l'italiano, ma coinvolto dall'entusiasmo di Erik, acconsentiva con cenni del capo e sorrideva.

"Sarà un'occasione splendida per vedere Venezia. Non ci sono mai stato" aveva esclamato Erik, tutto eccitato.

"Ci vedremo a Venezia!" avevano ribadito Carlo e Fiamma.

Carlo e Fiamma erano rimasti al bar a parlare con Erik dei loro progetti. Lui non si stancava mai di chiedere di Venezia, della cerimonia.

Di tanto in tanto esclamava: "*My shine*, sono felice… Andare a Venezia con James!".

Usciti, Fiamma si era fermata e aveva guardato Carlo e a voce bassa aveva detto: "Domani incontrerò Philip".

"Mi hai detto che Philip è un uomo intelligente e sensibile… Che ti vuole bene… Stai tranquilla, vedrà la tua felicità e capirà."

Così l'aveva rassicurata Carlo.

Philip aveva raggiunto Londra la sera prima.

Al mattino Fiamma aveva suonato il campanello della casa di Mary e Philip, alla porta, l'aveva accolta con un gran sorriso.

"Ben tornata… Sono davvero felice di vederti."

Fiamma, impacciata, aveva ricambiato il bacio sulle guance.

Si erano poi accomodati in salotto.

Philip cercava di essere disinvolto, ma non riusciva a nascondere la sua emozione.

Avrebbe voluto conoscere subito la decisione di Fiamma, invece le aveva chiesto dei suoi famigliari, di Venezia, dei viaggi…
Fiamma non era riuscita a sedersi in modo rilassato. Teneva le mani raccolte in grembo… Era esitante.
Poi si era fatta coraggio e per filo e per segno aveva raccontato come era avvenuto l'incontro con Carlo.
"Cosa da non credere," aveva detto Philip e sorridendo, quasi divertito "proprio a casa di David! Straordinario!"
Philip si era poi avvicinato a Fiamma, le aveva preso le mani e guardandola con affetto le aveva confidato: "Io ho sperato che tu tornassi per stare con me, ma ti vedo felice, serena, fiduciosa nel futuro e non posso che esserne contento. Ti sono grato per la voglia di vivere che mi hai fatto scoprire… Non mi sono mai sentito così pieno di entusiasmo in tutta la mia vita. Se non ti avessi conosciuta io avrei continuato a ripetere le mie giornate, a chiudermi nel mio laboratorio. Tu hai suscitato in me nuovi desideri… Ti sono riconoscente".
Le parole di Philip avevano aiutato Fiamma a parlare.
"Anch'io devo farti una confidenza… Se non mi avessi dichiarato il tuo amore, io non sarei andata a Venezia per fare luce sui miei sentimenti, per decidere della mia vita. Anch'io devo ringraziarti. Sei veramente un caro amico. Non ti dimenticherò e spero di vederti a Venezia."
"Verrò a Venezia… Ricordati che per te ci sarò sempre."

Fiamma e Carlo si erano fermati alcuni giorni e con Matelda e Mark avevano visitato Londra.
"Sono serena, ho salutato gli amici londinesi e ora non mi resta che pensare al matrimonio… Al nostro futuro."
Carlo l'ascoltava. Le confidenze di Fiamma lo rendevano contento e aveva ricambiato la sua carezza con un bacio.
La hostess, vedendoli, aveva loro sorriso con complicità.

A Venezia erano stati contattati da Polo e da Silvia, *la Maga,* per accordarsi sulla cerimonia delle loro nozze.

"Spero non ci siano problemi, vorremmo sposarci a Madonna dell'Orto insieme a voi" aveva proposto la *Maga.*

Le due future spose erano state impegnate nella ricerca degli abiti, dei confetti, dei fiori, dei biglietti per gli inviti e di quanto serve per celebrare un matrimonio.

Carlo aveva ideato e soffiato piccoli oggetti per le bomboniere e due splendidi ciondoli per le future spose.

Polo aveva barattato due magnifici cuscini di velluto rosso e due fregi dorati da mettere sulla prua delle gondole di due amici gondolieri per il trasporto delle spose dal palazzo alla chiesa, con tanto di rispettivi paggetti.

Tutti gli amici avevano collaborato per la perfetta realizzazione di questo doppio matrimonio.

Rosetta e Bèrto dovevano preparare la sala del palazzo e in modo speciale il giardino per il rinfresco.

Mary e David avevano messo a disposizione i preziosi servizi di piatti, bicchieri e posate *de la mia signora Giudìta,* ricordava Rosetta.

"Son dèntro a quelle due casse in sofitta"

Con Bèrto era andata poi a prenderle e le avevano vuotate.

"Bisogna invitàr Aaron e anche Katy."

"Sanstàestàe, un altro matrimonio in stò giardin… Dopo tanto tempo la casa la tòrna a vivèr" ripeteva Bèrto.

I due bambini erano eccitatissimi. Sarebbero stati loro i paggetti.

Chiedevano, impazienti: "Ma quando si sposano?".

Tutto era stato programmato ed era quasi pronto.

Un pomeriggio Carlo aveva aperto la porta e il postino gli aveva detto: "C'è un telegramma da Milano".

La sua mente era corsa istintivamente a Tom e il suo cuore non gli suggeriva nulla di buono.

Carlo aveva guardato subito il nome del mittente. Marta. Era

la nipote di Tom che addolorata comunicava la morte dello zio Edoardo, Tom, per l'appunto.
Carlo si era affrettato ad avvisare Bèrto e Rosetta.

Il parroco aveva accordato la cerimonia per la *Natività della Vergine*, l'otto settembre. Il giorno era perfetto.
Un gran fermento alla fornace. I collaboratori di Carlo erano euforici. Le battute si sprecavano, non mancavano le allusioni, a volte poco raffinate.
Carlo era soddisfatto, sereno, di buon umore.
A Fiamma, sempre presente nei suoi pensieri, aveva lasciato la libertà di decidere per le piccole modifiche alla casa e per tutto ciò che riguardava la cerimonia.
Nella bottega di Polo c'era un continuo andirivieni di persone.
Artigiani, sarte, modiste incrociavano pittori, venditori di robe vecchie e di oggetti d'arte.
Se non ci fosse stata Silvia, *la maga,* Polo avrebbe chiuso il laboratorio o sarebbe impazzito.
Una sera aveva confidato a Carl: "Per fortuna Fiamma e Silvia sanno sbrigarsela benissimo anche senza di noi!".
E Carlo aveva rimarcato: "Senza di loro le nostre nozze verrebbero celebrate per le calende greche".

Sabato, il giorno delle nozze, era arrivato.
La chiesa era bellissima. Fiori bianchi a grappoli pendevano ai lati dei banchi. Il lungo tappeto rosso partiva dal sagrato e arrivava ai piedi dell'altare con le candele accese sui maestosi candelabri.
I tanti lumi intorno alla *grande statua* la rendevano ancor più imponente, mentre il tremolio delle fiammelle le davano vita.
Il *ciondolo* al braccio della Vergine era un faro di luci.
Ai piedi dell'altare una grossa *corbeille* di fiori. Era il regalo di Philip, accompagnato da *sinceri auguri.*

Aaron col violino e un suo amico all'organo erano pronti.

Da Katy era arrivato un telegramma dall'Australia.

Fuori, ai bordi del rio, ad aspettare le gondole con le spose, c'erano i famigliari delle due coppie: David e Mary – i due testimoni –, Matelda e Mark, Erik e James, Rosetta con Bèrto e tanti altri amici, conoscenti e curiosi. Non mancavano neppure i turisti.

Carlo e Polo erano davanti a tutto il gruppo, eleganti nei loro abiti scuri, tenevano un bouquet di rose bianche in mano. Zitti. Non distoglievano lo sguardo dal Rio e di tanto in tanto guardavano l'orologio. *Il tempo si era fermato.*

Anche il parroco, sul portone, con i paramenti dorati della liturgia, aspettava e nervoso guardava l'orologio.

... Dovrebbero essere già arrivate... Queste donne... Dovevo saperlo che non sarebbe stato tutto così scontato... Il ciondolo... La strana storia di Carlo e Fiamma... Silvia!

28

"Quindici minuti di ritardo mi sembrano troppi" aveva sbuffato Polo. Non si era mai sentito così agitato.
Finalmente due gondole affiancate con a bordo due nuvole bianche! Un applauso accompagnato da un coro festoso.
"Sono arrivate! Evviva le spose! E anche i paggetti"
Tommy era di fianco a Fiamma e Betty a Silvia.
I due bambini apparivano intimoriti, ma sorridenti.
Durante il tragitto non si erano mai distratti. Non avevano mai perso il controllo dei cuscini con gli anelli che avevano sulle ginocchia. Temevano cadessero in acqua.
Le due spose indossavano abiti simili, ma era impossibile confonderle. La chioma rossa della *Maga* risaltava, anche se raccolta e velata.
Polo, emozionato come un bambino, le aveva dato i fiori e le aveva sussurrato: "La mia *Maga* oggi è bellissima".
E lei, stringendogli il braccio: "Grazie, tesoro, ti amo".
Fiamma, delicata e timida come una ragazzina alla prima comunione, con occhi lucidi, aveva ricevuto il bouquet.
Carlo avrebbe voluto baciarla, ma bloccato dalla troppa gioia si era limitato a dirle: "Cara, sei tu la mia metà".
Il parroco, contagiato da tanta allegria, aveva raggiunto l'altare sorridendo e aveva invitato tutti a seguirlo.
L'organo e il violino accompagnavo il lento procedere del corteo. I bambini, con contegno, seguivano gli sposi reggendo i piccoli cuscini di raso bianco.
Il silenzio permetteva a tutti di sentire le parole del rito. Tutti partecipavano con commozione.
A rompere l'atmosfera solenne era stata, senza volerlo, Silvia.
L'ansia gioiosa della *Maga*.
Il prete aveva chiesto a Polo: "Vuoi prendere per moglie la qui presente Silvia…".

Lei aveva subito risposto: "Sì, sì, lo voglio".

Il prete e tutti i presenti non erano riusciti a trattenere una piccola risata. Anche lei aveva riso.

Erik stringeva la mano a James e aveva gli occhi lucidi.

Matelda non aveva mai lasciato il braccio di Mark.

Guardando la bella chiesa e ascoltando quelle dolci note si era lasciata trasportare dal sentimento.

Io non mi sposerò, ma se dovessi farlo vorrei venire qui a Venezia, in questa bella chiesa… e vorrei anch'io l'Ave Maria di Gounod.

La cerimonia era finita. Le due coppie erano uscite, seguite dai presenti e da un rumoroso: "Evviva gli sposi!".

"Ma non è riso, sono confetti veri!"

"Che idea originale!"

"Chi può aver avuto l'idea dei confetti?" aveva chiesto Fiamma a Carlo.

Anche Polo era sorpreso dei piccoli confetti bianchi che un paio di persone gettavano sulla testa degli sposi.

Bambini e ragazzi si affrettavano a raccoglierli per poi condividerli generosamente.

Polo stava per chiedere alla sua adorata *moglie*, ma si era fermato, come illuminato; aveva capito.

Chi può averlo pensato? Solo lei… La mia dolce metà!

Anche Fiamma e Carlo avevano capito e guardando l'amica le avevano detto: "Sei sempre geniale… Grazie".

Dopo il rito delle foto, i baci, gli abbracci, il lancio del bouquet, il lungo corteo si era avviato al palazzo.

Rosetta e Bèrto rivivevano il loro bel giorno ed erano più felici del solito.

Tommy e Betty erano *tornati* bambini e con altri coetanei ridevano, saltavano e si rincorrevano per calli e ponti.

Dopo la lunga camminata una sosta da Bèpi. Un brindisi e sposi e invitati finalmente erano arrivati al palazzo.

Nel salone c'erano i regali per gli sposini; fra questi la bellissima specchiera veneziana del laboratorio di Polo.

Fiamma si era fermata e stupita aveva chiesto a suo marito:

"Hai comprato la specchiera!… Non era necessario".

Aveva molto gradito la sorpresa e lo aveva ringraziato con un bacio.

Poi aveva aggiunto: "È bellissima. Vero?".

Silvia era al loro fianco ed era intervenuta precisando: "Mia cara, questo è il regalo mio e di *mio marito*".

"Ma da chi avete saputo che mi piaceva tanto?"

"Tesoro ho visto come l'avevi guardata e ho capito che era il regalo giusto. Sono o non sono una *Maga?*"

Prima di raggiungere il giardino gli invitati si erano fermati nella sala e avevano apprezzato i diversi doni.

Rosetta aveva acceso le candele del *menorah* soffiato da Carlo per Giuditta.

Se la mia signora fòsse qui, la sarìa molto contènta…

In giardino c'era allegria.

I calici spesso venivano riempiti.

Gli sposi si scambiavano baci e ogni tanto qualcuno gridava: "EVVIVA GLI SPOSI!".

Il rinfresco in giardino si era protratto per buona parte del pomeriggio.

Le notizie che gli ospiti avevano da scambiarsi erano tante.

Notizie buone e notizie cattive.

Aaron aveva parlato di New York e con David e Mary aveva ricordato i comuni parenti americani.

Chi aveva conosciuto Tom ne parlava con affetto, apprezzando la sua capacità pittorica, manifestando sincera sofferenza per la sua mancanza.

Era un gran signore, dicevano tutti.

Lentamente gli invitati avevano lasciato il giardino.

I bambini giocavano tranquilli nelle loro stanze.

In giardino, seduti sulle poltroncine di vimini, erano rimasti gli sposi, i testimoni, Bèrto e Rosetta.

Rosetta era silenziosa, si guardava le mani, girando la sua fede nuziale. Poi, d'improvviso, rivolta a Bèrto, aveva esordito dicendo: *"Dighe stà cosa bela... El zè èl momènto giùsto"*.

"Sanstàestàe, io e Rosetta avèmo una novità, un regalo da farve..." aveva detto Bèrto.

Ma era commosso e non era riuscito a proseguire.

"Vergine Santissima, chi l'avrebbe detto?... Aspettiamo un bambino" aveva annunciato Rosetta, piangendo a sua volta di gioia.

Tutti si erano alzati e con sincero e partecipato affetto avevano abbracciato e baciato i due fortunati coniugi.

A quel punto Bèrto a fatica era riuscito a dire: *"Se sarà un maschio se ciamerà Tom"*.

E Rosetta, asciugandosi gli occhi, aveva aggiunto: *"Se invece sarà fèmina, la se ciamerà come la mia signora. Giuditta"*.

ENKI – Collana di Saggistica

Riccardo Gobbi, *Dal circolo vizioso al circolo virtuoso*
Corinna Tania Gallori, *Il Monogramma dei Nomi di Gesù e Maria*
Rino Cammilleri, *Il Kattolico 3*
Roberta Lugoli, *La Mente Cosmica – Una metafisica del pensiero*
Riccardo Gobbi, *Memoria e conferme su Dio e sulla fede*
Alberto Figliolia, *El folber e altri destini – Storie e avventure di sport*
Fausto Bertolini, *Gesù e il Super-Io*
Michele Garini, *MESSA così è tutta un'altra cosa – Rito, esperienze, suggestioni*
Francesco Burlini, *Eresie ambientaliste*
Fabio Terraroli, *Leggende di Lonato*
Giorgio Pavesi, *Leone de' Sommi hebreo e il teatro della modernità*
Christian Monti, *Viaggio critico nel Mistero – tra Cattedrali gotiche, Templari e Massoneria*
AA. VV., *La Cattedrale di Asola*
Lidia Gallico, *Una bambina in fuga – Diari e lettere di una ebrea mantovana al tempo della Shoah*
Massimo Bozzeda, *Fratelli, vi prego, chiamatelo Padre Nostro*
Fausto Bertolini, *E se Dio non ci fosse?*
Alberto Zanoni, *I temi della vita tra Sacra Bibbia e miti*
Carlo Salvoni, *La Fonte*
Dante Chizzini, *Luci e ombre nei rapporti tra Viadana e Mantova – dalle Additiones agli Statuti (1430/1724)*
Marianna Maiorino, *Il canto dell'arcobaleno: La sinestesia*
Fabrizio Tassi, *Come il volo lontano degli uccelli nella pace della sera – Mistica domestica* di Fabrizio Tassi

Ferrante Bandera, *Diario di una breve stagione*
Sara Ascoli, *Cenerentola: L'inganno, l'anima e il Sang Real*
Mario Cattafesta, *Come bevevano gli antichi*
Lamberto Gherpelli, *Parma – I segreti e gli amori di una capitale*
Michele Garini, *Arte e catechesi*

NIDABA – Collana di Filosofia

Luca Cremonesi, *La filosofia della natura nel* De incantationibus *di Pietro Pomponazzi*
Ivan Pozzoni (a cura di), *Frammenti di cultura del Novecento – Nietzsche, Vailati, Simmel, Schlick, Arendt, Zubiri, Bateson, Dell'Oro, Warburg, Dávila, Garin, Melandri raccontati da dodici filosofi contemporanei*
Primavera Fisogni, *Ontologia della speranza*

ANUNNAKI – Collana di Narrativa

Fausto Bertolini, *Negli occhi delle donne – Vita sentimentale di Cartesio*
Daniele Vazquez, *La comunità dei sogni*
Fausto Bertolini, *Telebordello – Storie da far rizzare l'antenna*
Silvia Peroni, *Cruciverbar*
Marco Pinzi, *My Sehnsucht – Diario segreto di Jonathan Tonson 1848-1850*
Maurizio Ferrante Gonzaga, *Assalto al castello*
Mariarosaria Capaccio, *Il mare all'improvviso*
Luigi Schifitto, *L'uomo con lo zainetto*
Leonardo Marzorati, *Frustrati – Uomini e donne che non hanno conosciuto l'amore*
Mauro Acquaroni, *Piccioni*

Carolina Giorgi, *La rosa di Ledmore Vale*
Anna Viale, *La camera celeste*
Ana Kramar, *Il ritorno – Storie migrabonde*
Angel Luís Galzerano, *Cronache sentimentali di un italiano a metà*
Floriano Rubiano Fila, *Appuntamento tra due anni*
Silvia Savoldi, *Occhi sul domani*
Carla Menaldo, *Il re del tango*
Fausto Silva, *Il Grande Firlinfù*
Paola Maggi, *Sagoma di cartone*
Guido Manuli, *Lassù qualcuno mi ama?*
Lisa Ben, *Chicche spudorate*
Adriano Bernasconi, *Omocrazia*
Sara Bellingeri, *Cartoline dal muro*
Stefano Iori, *La giovinezza di Shlomo*
Massimo Forte, *Peccato averla già consegnata*
Fausto Bertolini, *L'amore ai tempi del colesterolo*
Mauro Novellini, *Re infecta*
Michela Tafelli, *La stirpe di Zoltan*
Michela Tafelli, *I segreti di Zoltan*
Carla Magnani, *Acuto*
Mauro Acquaroni, *De La Tour*
Davide Rubini, *Il fischio finale*
Enrico Ratti, *Il taccuino dei dannati*
Leone di Candia, *Panama Caffè*
Antonio Della Rocca, *La bambina in rosso*
Augusto Bolther, *L'assedio di Asola, 1516 – La morte di Riccino Daina, 1522*
Marisa Pezzella, *Freddo fuoco bruciato*
Elena Aldi, *L'anima viola*
Ruco Magnoli, *Sharon trova*
Lidia Masci, *Anno bisestile*
Alberto Pizzi, *Il compito*
Alessandro Rampini, *Una vita non mi basta*

Luca Bonaffini, Renato Bottura, *Sognatori feriti*

Angel Luís Galzerano, *Storie lunghe una canzone*

Carlo Salvoni, *Menamato – Storie di un cane a tre zampe*

Ruco Magnoli, *Sharon pesca*

Sara Pellucchi, *Foschie*

Fausto Bertolini, *Il caso Satanas*

Mauro Novellini, *Nella legione di confine*

Otto, *Rêves*

Celine Finco, *Due razze*

Riccardo Bassi, *La nostra prima vera estate*

Giulia Deon, *Novelle in decrescendo*

Ruco Magnoli, *Sharon vola*

Maurizio Salva, *Omicidio in Cittadella*

Alessandra Perugini, *Blu oceano*

Angela Biondi, *La stirpe del Drago – Il risveglio dell'antico Signore*

Francesco De Siena, *Le variazioni degli spiriti*

Carla Menaldo, *Rosastrega*

Alberto Costantini, *Le astronavi di Cesare*

Chiara Donà, *In ognuno di noi*

Erminio Giavini, *Con un capello biondo si può vincere il premio Nobel*

Genny Sabbadini, *Ovunque sei*

Alessia Moneta, *Dagli occhi di Alice*

Milena Ziletti, *Visano e la maledizione del rogo*

Neronte, *La Vedova Grigia*

Antonella Presutti, *Nevica poco e male*

Alberto Sogliani, *Una squadra lunga dieci anni*

Florino Rubiano Fila, *Di veleno e di sogno*

Luca Bonaffini, *Eterni secondi*

Mauro Acquaroni, *L'Utile – à la recherche de –*

Emiliano Caiani, *Criminose illusioni – Delitti e destini –*

Luca Pipitone, *Papao*

Pierangela Rubes, *Donne in silenzio*
Augusto Bolther, *I racconti del sabato*
Marisa Gianotti, *La collana di Miràm*
Ruco Magnoli, *Sharon scia*
Ruco Magnoli, *Sharon protegge*
Luigi Schifitto, *Delitti di stagione*
Gilberto Cavicchioli, *Mosaico*
Ruco Magnoli, *Sharon studia*
Lidia Masci, *Le ali di Alì*
Ruco Magnoli, *Sharon alleva*
Ruco Magnoli, *Sharon balnea*
Ruco Magnoli, *Sharon villeggia*
Ana Danca, *Patrie interiori*
Eliana Fusai, *Il tempo dell'anima*
Luca Ragazzini, *Le misturanze – Dormiveglia irlandese*
Nadia Bellini, *Un cancello a chiudere il vento*
Silvia Peroni, *Gatti, Stregatti e Aristogatti*
Sergio Rossi, *Una questione di naso*
Ruco Magnoli, *Sharon ritorna*
Ruco Magnoli, *Sharon suona*
Alessandro Gianesini, *La brigata della speranza*
Monica Ferraioli, *Cenerentola oggi calzerebbe il 41*
Guendalina Bosio, *Destinazione felicità*
Luca "Splash" Guarneri, *Sigla*
Maristella Bonomo, *Navel*
Fausto Bertolini, *Giulietta deve morire*
Riccardo Bassi, *Sognando Bologna*
Simone De Bernardin, *Lettere*
Paolo Pisi, *Il meccanico di Nuvolari e altri personaggi di genio*
Ilaria Arpella, *Le cronache dei Regni Perduti – Le Regine dei Regni Perduti*
Giorgio Corvi, *Il fiore dell'eternità*
Ruco Magnoli, *Sharon fiuta*

Ruco Magnoli, *Sharon nuota*
Raffaella Azzini, *Vento d'autunno*
Laura Coghi, *Innamorarsi del possibile*
Angel Luís Galzerano, *Naufraghi*
Elisabetta Baraldi, *Sono tornate le pecore*
Floriano Rubiano Fila, *Scritto in Nicaragua*
Aquilino, *Passione di Fedra*
Silvia Peroni, *Tutto in un mese*
Mauro Acquaroni, *Ho visto – J'ai vu*
Stefania Lamanna, *Il rimpianto perfetto*
Sergio Rossi, *La bella età*
Maria Giovanna Farina, *Non siamo solo cagnolini*
Ariel Shimona Edith Besozzi, *Qualcosa per cui correre*
Lina Calogera Alaimo, *Stella Fruttidoro*
Cornelia Campidelli, *L'ignoto capovolto*
Fausto Bertolini, *Gli omicidi del Colosseo*
Adriano Bernasconi, *Eterofobia*
Ruco Magnoli, *Sharon visita*
Ruco Magnoli, *Sharon sconfina*
Lorenzo Zani, *A. Strano*
Alice Cesarini, *Abraham*
Edoardo Francesco Taurino, *Ātman e Poesia*
Maria Renata Sasso, *La cardatrice*
Cristina Brutti, *Un cammino, il mio*
Nicola Calza, *L'eredità degli uomini*
Andrea Bucci, *La leggenda del dono di Taon*
Chiara Furlotti, *Lacrime d'inchiostro*
Martino Malgesini, *Morfina*
Marisa Gianotti, *Un giardino veneziano*
Franco Brighi, *Il giorno in cui morì Alejandro Jodorowsky*
Roberto Tondi, *Sulle ali*
Alberto Costantini, *La donna del tribuno - L'avvincente storia di una donna ai confini dell'Impero Romano* di Alberto Costantini

Paola Azzoni, *La Piccola*
Jennifer Hamilton, L'ultima ninfa

GEŠTINANNA – Narrativa classica

Italo Svevo, *L'assassinio di via Belpoggio*
Augusto De Angelis, *Sei donne e un libro*
Carolina Invernizio, *I misteri delle soffitte*

ISHTAR – Collana di Poesia

Ana Kramar, *Il passaggio fra le mani*
Ivana Magri, *Echi d'anima*
Augusto Bolther, *Labirinti di luce*
Andrea Garbin, *Croce del Sud*
Giulia Deon, *Piccolo Bestiaire*
Paolo Savani, *La ricerca dell'aria dalla A alla Z*
Giulia Deon, *Omaggio naturale*
Monica Palma, *Senza fini di logos*
Carlo De Raffaele, *Luci notturne*
Giulia Deon, *Poesie a regola d'arte*
Carlo Sturani, *suonoSettenari*
Emidio Montini, *I Vecchi di Colono*
Andrea Garbin, *Genesi dei sensi*
Floriano Rubiano Fila, *L'osteria del tempo che passa*
Emidio Montini, *Cronache dalla macchia*
Giulia Deon, *Variazione sui temi*
Carlo Sturani, *Cometa – Uno sguardo sul mondo*
Lina Luraschi, *Scucita voce*
Luca De Risi, *L'acqua bassa delle rive*
AA. VV., *Antologia Premio Naz. di Poesia Terre di Virgilio 2015*

Gianluca Moro, *I poeti non sanno scrivere*
Massimo Padua, *Con pelle di spine*
Manuel Paolino, *Carmina Lapidea*
Giorgio Bolla, *La quintessenza del gioco*
Lara Lorenzini, *In rebus*
Emidio Montini, *Il tempo e le maree*
Nadia Alberici, *Terre incolte*
Lilli Sanna, *Foglie d'ortica*
Alessandra Chiavegatti, *Dietro agli occhi in fondo all'anima*
AA. VV., *Antologia Premio Naz. di Poesia Terre di Virgilio 2016*
Gabriella Montanari, *Si chiude da sé*
Giorgio Corvi, *Antologia*
Emidio Montini, *Nostalgia del padre*
Massimo Novaga, *Sguardo sul nuovo mondo*
Maurizio Salva, *Così*
Massimo Padua, *Il contrario della meteora*
Mattia Venturini, *Il teatro delle attese*
Carlo Sturani, *Alci*
Simonetta Fantoni, *Ricreazione*
Marjio Durmishi, *Aral*
Anna Vercesi, *Mi t'aspet chi*
Anna Vercesi, *Trasparendo*
AA. VV., *Poesia – La vertigine della bellezza*
AA. VV., *Antologia Premio Naz. di Poesia Terre di Virgilio 2017*
Floriano Rubiano Fila, *La ballata di via degli Orti e altre anomalie*
Maurizio Maffezzoni, *Passione di un arrogante innocente*
Ruggero Campagnoli, *Sonetti da tavola I. Per Liana* (nuova versione)
Ruggero Campagnoli, *Sonetti da tavola VIII. Per Sara*
Ruggero Campagnoli, *Sonetti da tavola IX. Per Tessa*
Laura Coghi, *La dolce amazzone giapponese e il giardiniere della piccola bellezza*
Emanuela Dalla Libera, *Lo sguardo altrove*

Paolo Bartalini, *Piccola corrispondenza fuori sacco*
Domenico Perigni, *Orlando Magno e la testa tagliata*
Simone De Bernardin, *Porpora e amaranto*
AA. VV., *Young Poetry*
AA. VV., *Antologia Premio Naz. di Poesia Terre di Virgilio 2018*
Claudio Fraccari, *Nittalopìa*
Marilucia Dui, *Briciole sparse*
Rodolfo Vettorello, *Rondini a Milano*
Andrew S. Marini, *Il visitatore*
Angelo Lamberti, *Poesie con il fiato corto*
Ruggero Campagnoli, *Sonetti da tavola X. Per Ubalda*
Ermanno Prandini, *Al di là della porta*
AA. VV., *Young Poetry 2019*
AA. VV., *Antologia Premio Naz. di Poesia Terre di Virgilio 2019*
Enrico Ratti, *Blasfemie*
Alberto Cappi, *Mamanto – Poesie per una città / La città dei poeti
– Poesie per un poeta*
Angela Cresta, *Curriculum*
Mariangiola Mangiagalli, *Viaggio tra poesia e realtà*
Luca Bertuzzi, *Carta in tavola*
Carlo Sturani, *Cavalieri*
Stefano Prandini, *Il sale della terra*
Lina Luraschi, *Di pari passo*
Paolo Breviglieri, *Lodi e altri incanti*
Rosa Pierno, *Istoriato*
Alberto Costo Lucco, *Piazza Libertà*
Francesco Chinaglia, *Sonata per soli notturni*
AA. VV., *Antologia Premio Naz. di Poesia Terre di Virgilio 2020*
Gianluca Moro, *Il pianeta dei Navigli*
Fenissa Holden, *Medea era una fanciulla*
AA. VV., *Young Poetry 2020*
Roberto Tondi, *Poesie sul cielo e sulla terra*
Umberto Bellintani, *La mia pianura vasta e sonora*